U0005068

命売ります
性命出售
【新裝版】
三島由紀夫
LIfe
fOR
SALe

1

……羽仁男一覺醒來，四周一片明亮，他一時以爲自己置身天國。但後腦仍陣陣刺痛。如果人在天國，不可能會感到頭痛。

首先映入眼簾的，是一大扇毛玻璃窗。那是無任何裝飾的窗戶，周圍微微泛白。

「看來你醒了。」

有人如此說道。

「太好了。想到自己救了人，一整天都會有好心情。」

羽仁男抬眼一看。眼前站著一名護士和一位身穿消防員制服，身材矮胖的男子。

「請躺著別動。你現在還不能隨便亂動。」

護士按住他的肩膀。

羽仁男明白自己自殺失敗了。

……。

他在最後一班國營電車裡服下大量安眠藥。更確切來說，他是在車站的飲水處服藥後才搭車，而在空蕩蕩的座位上躺下後，他便不省人事了。

他並非經過一番深思熟慮後才決定自殺，記得是傍晚時，他在常去吃晚餐的那家小酒吧看晚報，突然興起尋死的念頭。

「外務省職員為間諜。搜查日中友好協會等三處場所。麥克納馬拉①部長調職正式敲定。今年初冬，氣象局提醒會有煙霧籠罩東京。羽田機場爆炸案嫌犯青野『罪大惡極』，遭求處無期徒刑。卡車翻落鐵軌，遭貨車衝撞。死者的心臟主動脈瓣成功移植至少女身上。鹿兒島銀行辦事處發生搶案，搶匪一舉搶走九十萬圓。」（十一月二十九日）

這可說是每天都會上演的戲碼，沒半點特別之處。

報上的每篇報導，他都無感。

接著，他就像臨時想去野餐般，突然起了自殺念頭，但若是硬要問他理由，他只能說，就是因為完全沒有自殺的理由，所以才自殺。

他並非失戀，就算失戀，羽仁男也不像是會因為這點小事而自殺的男人。也不見他有經濟上的困擾。他的職業是廣告文案，電視上常播出五色製藥的胃藥「舒暢」廣告詞：

舒暢

暢快

快好

一服見效

正是出自他之手。

他的才能備受肯定，就算自行開業也不成問題，但他完全沒有要自立門戶的意思。他任職於東京廣告這家公司，每月坐領高薪，對此頗爲滿意。一直到昨天爲止，他都是個克盡職守的員工。

對了。如今仔細回想，那就是自殺的原因。

當時他正以邋遢的模樣閱讀晚報，報紙內頁緩緩滑落桌下。

他望向那張報紙，感覺自己宛如一條慵懶的蛇，望著自己緩緩滑落的蛻皮。接著，他興起撿起報紙的念頭。當時他要是放著不管就好了，但他之所以會這麼做，是因爲基於社會人

---

①麥克納馬拉：Robert Strange McNamara，美國商人及政治家，美國共和黨黨員，曾任美國國防部長和世界銀行行長。

士的習慣，覺得撿起來比較好嗎？還是基於恢復地面整潔這個重大的決心，才促使他這麼做呢？他自己也不清楚。

總之，他蹲向那座不太平穩的桌子底下，伸手撿拾。

這時，他看到一件很荒誕的事。

那張掉落的報紙上，靜靜蟄伏著一隻蟑螂。就在他伸手同時，那隻外觀油亮，呈桃花心木色的蟑螂，以飛快的速度逃竄，躲進報紙的印刷字內。

儘管如此，他仍舊不慌不忙的撿起報紙，將剛才看的報紙擱在桌上，望向他撿起的報紙頁面。這時他猛然發現，他想看的印刷字都成了蟑螂。他想定睛細看，結果上頭的字全以油亮的紅黑色背部面向他，做鳥獸散。

「啊，原來世界是這麼回事啊。」

他恍然大悟。明白之後，頓時很想一死了之。

不，這樣便淪爲是爲解釋而解釋了。

事情並非這麼簡單就能解釋清楚。他只是心想，就連報紙上的字也全都變成了蟑螂，那我活著又有何用，最後，「死」這個念頭驀然浮現他腦中。恰巧那天是個雪花紛飛的日子，鮮紅的郵筒戴上白雪化成的棉帽，打從那一刻起，死便與他極爲相襯。

接著他莫名開心起來，跑到藥房買安眠藥，他覺得馬上就呑藥有點可惜，於是先看了三部電影，看完後，跑到他不時會去光顧的獵豔酒吧閒逛。

坐他身旁那位體態豐滿，看起來腦袋不太靈光的女人，他平時完全不會感興趣，但此刻卻難以壓抑很想告訴她「我待會兒要自殺哦」的這股衝動。

他微微以臂膀抵向女子那肥厚的臂膀。女子瞄了他一眼後，彷彿很吃力似的，慵懶的將身體從椅子上轉向他。面露微笑，活像一顆會笑的地瓜。

「妳好。」羽仁男道。

「您好。」

「妳眞漂亮呢。」

「呵呵。」

「妳知道接下來我會說些什麼嗎？」

「呵呵。」

「我猜妳想不到。」

「倒也不是完全猜不出來哦。」

「我今晚打算自殺呢。」

女子並未感到吃驚，取而代之的，是咧嘴大笑。她笑著將一片魷魚乾塞進口中深處，嚼個不停。魷魚乾的氣味在羽仁男的鼻端揮之不去。

不久，女子的朋友們似乎到來，她誇張的抬起手，也沒知會一聲，便起身從羽仁男身旁離去。

於是羽仁男獨自走出店外，對於女子不相信他要自殺的事，感到怒火中燒。

雖然時間還很充裕，但既然已決定好要在「末班電車」內自殺，便得堅持到底，必須想辦法打發時間才行。他走進柏青哥店，開始玩起柏青哥。一直有鋼珠跑出來。他的人生明明就快終結，鋼珠卻源源不絕的滾出，就像在嘲弄他一般。

終於來到末班車發車的時間了。

羽仁男從驗票口走進，在飲水處服藥後，坐上電車。

2

自殺失敗的羽仁男面前，是個自由美好的世界，但感覺有點空虛。

從那天起，之前以爲會永遠持續下去的每一天，突然就此中斷，他感覺什麼事都有可能發生。他可以清楚預見，每一天都將一去不返，不再重來，他的每一天都了無生氣，猶如死青蛙一般露出白肚皮，逐一陳列眼前。

他向東京廣告遞出辭呈，由於那是一家生意興隆的公司，所以給了他一筆優渥的離職金。有這筆錢，他可以不用看人臉色，自在的過活。

他在三流報紙的求職欄上刊登以下的廣告。

「性命出售。任君使喚。本人今年二十七歲，男性。會謹守一切祕密，絕不給您添麻煩。」

並附上公寓地址，在房門前貼上一張以漂亮藝術字寫成的紙張，上頭寫道：

Life for sale　山田羽仁男

廣告貼出的第一天，沒人上門。羽仁男沒上班的日子，滿是空洞無趣的時間，但他一點都不覺得無聊。他常在房裡躺著看電視，或是做白日夢發呆。

之前被救護車送往急救醫院時，他完全失去意識，所以沒半點記憶，但說來還眞不可思議，每當他聽到救護車的警笛聲，自己當時躺在救護車內的記憶便會逐一浮現腦海。清楚想起自己當時躺在病床上，頻頻打鼾，身穿白衣的消防員坐在他身旁，爲了防止他因車子搖晃而從病床上摔落，緊緊按住毯子的畫面。那位消防員的鼻子旁有顆大黑痣……

儘管如此，他全新的人生竟是如此空虛。恍如一間沒任何家具的空房。

到了隔天早上，才有人來敲羽仁男的房門。

開門一看，外頭站著一名身材矮小、衣著講究的老翁，他窺探羽仁男身後，神色慌張的反手關上房門。

「你就是山田羽仁男先生是吧？」

「是的。」

「我看到你在報上刊登的廣告了。」

「來，請進。」

羽仁男的住處，確實很像待過設計界的人所住的地方，裡頭清一色的黑色桌椅，地上鋪著紅地毯，他領著老翁走進房內一隅。

老翁活像是眼鏡蛇，舌頭在嘴裡發出嘶嘶聲響，客氣的向他行了一禮後，坐向椅子。

「要出售性命的人是你對吧？」

「沒錯。」

「你看起來很年輕，而且日子過得不錯，爲什麼會有這個念頭呢？」

「這些無謂的事，您毋須多問。」

「對了……你這條命，打算賣多少錢呢？」

「這個嘛，由您來決定。」

「你這樣也太不負責任了。自己的命值多少錢，要由你自己來決定。要是我說要用一百圓買下你，那你怎麼辦？」

「如果眞是這樣也沒關係。」

「別說傻話了。」

老翁從懷裡取出錢包，掏出五張萬圓新鈔，像撲克牌般攤成了扇形。

羽仁男以不帶任何情感的眼神，收下那五萬圓。

「來吧，請您吩咐。不管什麼事我都會答應。」

「這個嘛，」老翁取出一根附濾嘴的香菸，說道：「抽這種菸，不會得肺癌。要不要來一根？不過話說回來，出售性命的人根本不必擔心得肺癌。

「我要你辦的事很簡單。

「我老婆……其實是我第三任老婆，她今年二十三歲。年紀和我剛好相差半個世紀。

「她是個好女人。胸部像這樣往兩側長，就像兩隻感情不睦的鴿子，各自把臉轉向一旁似的。她的嘴唇也是，甜美慵懶的噘往上下兩方。說到她那迷人的胴體，實在無法用言語形容。那雙玉腿更是好看。雖然現在流行那種瘦得近乎病態的鳥腿，但我老婆的玉腿，則是從豐滿的大腿一路往腳踝變細，美得沒話說。臀部的曲線也是，就像春天時土撥鼠撥出地面的泥土般渾圓好看。

「她拋下我一個人，自己在外遊蕩，如今成了第三國人②的小妾。這個第三國人可不是個普通壞蛋，他名下擁有四間餐廳，之前因土地糾紛，還曾殺了兩、三個人。

「我想委託你的工作，就是接近我老婆，成爲她的相好，然後刻意讓那名第三國人發現你們兩人私通的事。到時候你會沒命，而我老婆大概也會被他宰了。如何？這麼一來，我也才能嚥下這口氣。……就是這麼回事。你願意爲我而死嗎？」

「哦……」羽仁男一臉無趣的聽完他的說明後應道：「不過，事情能進行得這麼浪漫嗎?你的夢想，是向你妻子復仇，但要是你妻子和我在一起，覺得很高興，就此在幸福中死去，你覺得怎樣？」

「她才不是那種死了會覺得高興的女人呢。這點她和你不同。她不管怎樣也會想要活下去。這種念頭就像咒文一樣，寫滿她全身。」

「你怎麼會知道？」

「要不了多久，你也會明白的。總之，我希望你能爲我而死。應該不需要簽契約吧？」

「不需要。」

老翁口中再度發出嘶嘶的聲音，若有所思。

「你死後，有沒有什麼需要我替你辦的？」

「沒有。喪禮和墳墓一概都不需要。只有一件事，那就是我一直都想養隻暹羅貓，但因爲嫌麻煩，一直都沒機會如願，所以我死後，如果你能代替我飼養的話，我會很感激的。還有，牛奶不是用一般的盤子餵食，依照我的想像，我希望你能把牛奶放在大鏠子裡來餵貓

②第三國人：二次世界大戰後，在美國的占領下，留在日本的韓國人和中國人。

喝。等貓小小口的喝了一、兩口後，再以鏟子托起貓的下巴餵牠。這麼一來，貓臉會沾滿牛奶，完全溼透。每天一定都要像這樣做一次。這點很重要，請不要忘記。」

「完全搞不懂你在想什麼。」

「那是因爲你一直都住在符合常識的世界裡。就連今天這項委託，也完全沒半點想像力。對了，要是我平安歸來的話，這五萬圓要還你嗎？」

「不必了。只不過，到時候希望你務必把我老婆除掉。」

「這樣不就成了委託殺人嗎。」

「說的也是。總之，只要能讓那個女人完全從這世上消失就行了，不過，我不希望對此感到一絲罪惡感。因爲我已經吃了那麼多苦頭，要是再加上罪惡感，實在太不划算了。……那麼，我希望你今晚馬上展開行動。到時候要是有什麼附加費用，再跟我申請就行了，我會支付。」

「你說展開行動，要去哪裡呢？」

「你帶這份地圖去吧。地點是這處坡道上，一棟名叫Villa Borghese的高級大廈裡的八六五號房。好像是最頂樓一間很氣派的房間，我老婆什麼時候會在那裡，我不清楚。接下來你得自己去查探了。」

「你妻子叫什麼名字？」

「岸琉璃子。和首相岸信介同姓。」

老翁如此說道，臉上閃耀著不自然的光輝。

3

老翁離去時，一度關上了門，接著又折返回來，交代以下這番話，身爲性命的買主，他這樣說一點都沒錯。

「啊，有件重要的事忘了說。你絕不能向任何人透露委託人的身分，甚至連委託的事也不能洩露半句。既然你要出售性命，總該有這最基本的商業道德吧？」

「這點你完全不必操心。」

「你不寫份合約書給我嗎？」

「別說笑了。要是我寫合約書給你，不就不打自招，證明我是接受你的委託嗎？」

「說的也是。」

因爲過於擔心，老翁那沒裝好的假牙發出嘶嘶的聲音，再度擠進屋內。

「那麼，我要怎樣才能相信你？」

「既然要相信，就徹底相信，要懷疑，就徹底懷疑，除此之外別無他法。你來到我這裡，付我這筆錢，光是這樣，我便開始相信這世上有信賴這東西的存在。不過先生，雖然我是受你所託，但根本不清楚你的身分，這樣你不是可以放心嗎？」

「說什麼傻話。琉璃子一定會告訴你的。」

「原來如此。不過，我對這種事一點都不感興趣。」

「說的也是。這些年來，我好歹也算閱人無數。一見到你，便覺得你這個人可以信賴。如果你需要錢用，可以在新宿車站中央出口的告示板上留言『等錢用，明天早上八點，LIFE』。我每天都會逛百貨公司，在百貨公司開門前的這段時間沒事可做，所以如果是早上要見我，盡可能早一點。」

老翁就此告別，正準備離開時，羽仁男也跟著走出門外。

「你要去哪兒？」

「那還用說。當然是Villa Borghese大廈八六五號房啊。」

「你還真是急性子呢。」

羽仁男想到一件事，將掛在門上的「Life for sale」的牌子翻至背面。背面寫著「業已售罄」。

4

Villa Borghese是位於屋舍櫛比鱗次的市街坡道上，一棟鶴立雞群的白色義大利式建築，不必核對地圖，從遠處一看便知。

他往櫃台窺望，見那裡只有一張空椅子，再無他人，於是便大搖大擺朝裡頭的電梯走去。他此時走路的模樣就像有人以線繩操控般，完全不帶有自己的意志，那不帶半點責任感的開朗神情，與自殺前的他判若兩人。此時他的人生顯得輕鬆快意。

上午時分，走在幽靜的大廈八樓走廊，不一會兒工夫便找到八六五號房。他按下門鈴，門內接連傳來悠閒的叮咚聲。

不在家嗎？

不過，羽仁男直覺，今天早上一定只有那個女人獨自在家。因爲現在正是情婦送走情夫後，睡回籠覺的時刻。

羽仁男心中如此判斷，執拗的持續按著門鈴。

終於感覺有人走向門邊。房門打開後，裡頭連著門鏈，從門鏈所能打開的最大縫隙裡，露出一名女子驚訝的臉孔。她雖然穿著一襲睡袍，卻非剛睡醒的表情，五官清楚鮮明，完全沒走樣。果然如同老翁所言，嘴唇微往上下兩邊噘。

「你是誰？」

「我是Life for sale公司的人，不知您是否願意投保壽險？」

「拜託。我已經受夠壽險了。我的性命很夠用，不需要保險。」

女子態度冷淡的應道，但是卻沒完全把門關上，照這樣看來，她似乎有點感興趣。羽仁男使出推銷員的本領，一隻腳已先卡進門縫裡。

「我沒要您請我入內。只是想請您聽我說明一下而已。很快就說完了。」

「我可不想挨我先生罵。況且，我現在又是這身打扮。」

「那我二十分鐘後再來拜訪。」

「這樣啊……」女子思忖片刻。「這段時間，你就先去別家推銷吧。二十分鐘後再來按門鈴。」

「我明白了。」

羽仁男縮回鞋子，門就此關上。

這二十分鐘的時間，羽仁男一直坐在走廊盡頭處窗邊的沙發上。可以從那裡俯瞰冬日豔陽下的市街景致。他很清楚，這個市街宛如白蟻窩一樣，被嚴重啃食。人們見面時，肯定都會互相寒暄著：

「早安啊。」

「你最近工作怎樣啊？」

「夫人好嗎？孩子呢？」

「國際情勢愈來愈緊繃了呢。」

然而，都沒人發現這樣的對話已無任何意義。

他抽了兩、三根菸後，又前往敲門。

這次女子很乾脆的打開門，穿著一件衣領敞開的黃綠色套裝。

「請進。」女子迎他入內。「要喝茶還是喝酒？」

「就推銷員來說，這樣算是破格的待遇了。」

「你說你是保險推銷員，根本是騙人的。剛才我一看就知道了。既然要演戲，就要演好，得演得再逼眞點才行。」

「是，我明白了。那請給我一杯啤酒吧。」

琉璃子眨起單眼，嫣然一笑，緩緩從房內穿越，與她纖瘦的身材不太搭調的豐臀，令羽仁男留下深刻的印象後，就此消失在廚房裡。

不久，兩人端著啤酒乾杯。

「話說回來，你到底是什麼人啊？」

「就當我是送牛奶的吧。」

「你可眞會耍人。不過，你來到這裡，應該知道這是個極度危險的地方吧？」

「不。」

「那麼，是誰委託你來的？」

「沒人委託我。」

「那就怪了。這麼說來，你是胡亂按人家門鈴，然後剛好正合你願，有個像我這樣的性感美女在屋裡是嗎？」

「可以這麼說。」

「那你運氣可眞好。我這裡沒有下酒菜。一早就喝啤酒配洋芋片，很怪對吧？對了，我應該還有起司。」

她急忙前去開冰箱查看。

「哎呀，好冰呢。」女子說道。

接著她朝盤子擺上生菜沙拉，上頭放了一個黑色的東西，朝這裡走來。

「你吃這個吧。」

說完後，她走到羽仁男身後，行徑古怪。

這時，有個冰冷的東西從後頭緊緊抵向羽仁男臉頰。他斜眼往下瞄，發現原來是一把手槍。但他並不覺得驚恐。

「喏，很冰對吧？」

「是啊。妳一直都放在冰箱裡嗎？」

「嗯，因爲我不喜歡溫溫熱熱的凶器。」

「妳可眞講究。」

「你不怕嗎？」

「不會。」

「別看我是女人就小看我。我會慢慢讓你從實招來的，你就先喝口啤酒，誦念阿彌陀佛吧。」

琉璃子小心謹愼的把槍移開，保持距離繞了一大圈，坐向羽仁男對面的椅子。手槍始終瞄準他。羽仁男端著啤酒杯的手完全沒顫抖，但琉璃子的手倒是微微打顫，羽仁男望著這一幕，覺得有趣。

「你喬裝得可眞像。你是第三國人對吧？在日本待幾年了？」

「別開玩笑了。我是如假包換的日本人。」

「胡扯。你一定是我先生派來的間諜。不是姓金就是姓李對吧？」

「我倒是想問問看妳那無端的妄想是哪來的根據。」

「你可眞冷靜。果然不是普通人。……那麼，你可能早就知道了，但我還是再說明一次吧。那個人很會吃醋，昨晚因爲一件沒來由的事而懷疑我，造成我很大的困擾，他終於決定派小弟來監視我了。而且不是站在遠處監視，是大搖大擺的走進家中來勾引我，以此來測試我。想得美！他們要是敢靠近我一步，我就開槍。因爲當初送這把手槍給我護身的人就是他，他希望我能好好使用這把槍。……對了，也許你什麼都不知道，就這樣被派來這裡。掉進陷阱的人其實是你。……換句話說，你不知道自己是被他選出派來這裡讓我射殺，以證明我貞潔的角色。」

「哦，」羽仁男一臉無趣的撐起眼皮，注視著女子。「既然橫豎都得死在妳手上，那就和妳上過床之後再死吧。要我發誓也可以，等我們上完床後，我會乖乖讓妳一槍斃命。」

琉璃子漸感焦躁不安的模樣，清楚映入羽仁男眼中，就像在看一張畫有複雜等高線的山岳地圖般。

「不管我說什麼，你都不害怕呢。難道你是ＡＣＳ的人？」

「妳說的ＡＣＳ，有自己的電視台對吧。」

「少跟我裝蒜。你是Asia Confidential Service（亞洲祕密服務）的人吧？」

「愈聽愈迷糊。」

「一定是這樣沒錯。啊，我太傻了。差點就殺了人，一生淪爲他的俘虜。他爲了讓我成爲他疼愛的女人，想出了如此浪漫的劇本。首先是讓我爲了守住貞操而殺人，接下來，他這位在日本各地藏匿殺人犯，排名前五的黑道老大，打算就此將我一輩子留在身邊。實在太可怕了。既然你是ACS的人，何不早說呢。」

琉璃子一口咬定是這樣，將手槍拋向一旁的靠枕上。

「既然你是ACS的人，早說不就好了嗎？」

琉璃子又再重複了一次。羽仁男嫌麻煩，索性就當自己是「ACS的人」。

「既然這樣，你其實是要找他對吧？我不知道你們是以壽險當暗號。他事先跟我說一聲不就得了嗎。不過，你還眞不會演戲呢。你在ACS裡頭算是菜鳥對吧？你受了幾個月的訓練啊？」

「六個月。」

「哎呀，太短了。這麼短的時間，你竟然有辦法精通東南亞的語言以及中國的各地方言。」

「還好啦。」

不得已，羽仁男只好隨口蒙混過去。

「不過，你還眞有膽識。令人佩服。」

琉璃子神情轉爲開朗，說了幾句恭維話後，站起身，往陽台外窺望。陽台上擺了一張白漆斑駁的庭園椅，同樣款式設計的庭園桌玻璃邊框上，昨天下雨留下的雨水正微微顫動。

「那麼，他請你搬運幾公斤？」

雖然搞不清楚她指的是幾公斤的什麼物品，但羽仁男還是隨口應了一句「這我不能說」，打了個哈欠。

「寮國的黃金很便宜。以永珍的市場行情來看，只要能帶往東京，至少也能賺上一倍價差。之前ACS的人就處理得很巧妙。把黃金熔進王水中，裝成一打蘇格蘭威士忌帶了回來，然後再復原成黃金，這眞的可以辦到嗎？」

「那是大家對辛苦的功績添油加醋，過度吹噓啦。像我就穿著一雙黃金做的皮鞋，外面貼上鱷魚皮，就這樣回國，腳底冷死了。」

「就是這雙鞋嗎？」

琉璃子明顯露出好奇之色，望向羽仁男腳下，但看不出黃金的重量和亮澤，反倒是羽仁男望見琉璃子低頭時露出的深邃乳溝。那是老翁所說的「各自把臉轉向一旁」、感情不睦的乳房，如今硬是從左右兩旁往中間擠，形成這道粉白的深溝。琉璃子似乎往裡頭撲粉。羽仁男暗自想像，要是親向她乳溝的話，一定就像把鼻子埋進嬰兒爽身粉裡一樣。

「聽說美國的武器是經由寮國走私到日本，到底是怎麼辦到的？是經由香港嗎？真是大費周章。只要前往立川基地，到附近走走逛逛，明明到處都是美國的武器啊。」

羽仁男沒搭理她這個問題。

「對了，妳先生什麼時候回來？」

「中午會回來一下。他應該和你聯絡過了吧？」

「我想早點和他見面。那麼，在那之前，我們先上床吧。」

羽仁男又打了個哈欠，開始脫去外衣。

「你好幾天沒睡了吧。我先生的床借你用。」

「不，睡妳的床就行了。」

羽仁男突然一把抓住琉璃子的手臂。琉璃子極力抵抗，伸長手，想再次握住手槍。

「笨蛋，你想死啊？」

「不管妳先生會不會回來，反正我都會被殺死。結果還不是一樣。」

「對我來說不一樣啊。如果現在我殺了你，我還能活，但要是我先生進門時，見我們兩人在床上，你我都會沒命的。」

「這算術很簡單。那我問妳，要是妳毫無理由就殺了ACS的人，會有什麼懲罰等著妳，妳知道嗎？」

琉璃子搖了搖頭，臉色慘白。

「會這樣。」

羽仁男冷不防走向櫥架，拿起一具瑞士的民俗人偶，做出折斷背脊的動作，那具人偶往後仰身，彎成兩截。

5

羽仁男先脫光衣服，鑽進被窩裡，心不在焉的盤算著計畫。

「總之，要盡可能撐久一點。愈久愈好。這麼一來，她先生回到家裡，我被射殺的可能性將會大增。」

他認為在做愛時被殺死，是無與倫比的死法。如果是老翁，這樣有點不太名譽，但如果是年輕人，再也沒有比這更名譽的死法了。

不過，他真正的理想，是在被殺害前，什麼也不知道，從陶醉的快活巔峰，直接一頭墜落死亡深淵，這才是最棒的死法。

以羽仁男的情況來說，他沒辦法這麼做。他一方面有預感自己會被殺害，一方面又得拖延時間，這是他眼前要顧及的生意。一般來說，這樣的恐懼和不安會妨礙性愛的歡愉，但羽仁男不一樣。死亡已近在眼前，這是一處已經開口的空間，他已見過那樣的空間，所以不會大驚小怪。在走向死亡之前，他擁有的是許多不同瞬間的生命，他只要好好享受這些時間，盡量拖延就行了。

琉璃子應該是對自己頗有自信。她隨手將窗前的百葉窗拉成半掩的狀態，也不拉上窗簾，在宛如水族館般的藍光中，脫得一絲不掛。由於浴室門敞開著，可以清楚看見她全身赤裸站在鏡子前，時而以香水瓶朝腋下噴灑，時而朝耳後抹香水。

她背部的線條，來到臀部後圓圓鼓起，讓人覺得摟在懷中一定很舒服。望著眼前的活色生香而感到亢奮的羽仁男心想，不能這樣就衝動。

不久，她赤裸著身子，姿態優雅的沿著床邊繞了一圈，然後以制式化的動作走上床。明知在上床前談這件事很不恰當，但羽仁男還是抑制不了心中的好奇。

「妳爲什麼要沿著床繞一圈？」

「這是我的儀式。狗在睡覺前不也常這麼做嗎？這算是一種本能。」

「眞教人驚訝。」

「來，沒時間了。快點抱住我。」

琉璃子闔上眼，雙手勾向羽仁男脖子，慵懶的說道。

羽仁男花了不少時間，先試了一次，然後又回到準備階段，試第二次，又回到準備階段，一再讓她慾火焚身，展開拖長時間的策略。但在他做第一次嘗試時，便發現情況不對，對此頗感訝異。琉璃子的胴體果然不同凡響，難怪老翁會對她如此執著。羽仁男的計畫差點就此失敗，但他好不容易挺住。

問題在於要讓琉璃子認爲他想一直這樣溫存下去，就算死亡的危險步步逼近，仍舊想保持這樣，爲此，羽仁男可說是使出了十八般武藝。讓琉璃子感受到他要是就此結束會有多不甘心，並一再拉長時間，讓琉璃子覺得「太好了，沒有就這樣結束」。羽仁男對休息時間的掌控頗有自信。琉璃子全身泛起桃紅，看得出她雖然躺在床上，感覺卻像全身懸在半空一般。她是個囚犯，流著眼淚想抓緊天窗灑落的天光，卻又滑落地面。

羽仁男時而進攻，時而休息，接著又奮力再戰，每當他進一步嘗試，就會險些落入琉璃子那奇妙的陷阱中，爲了保留餘力，他只能不讓自己滿足，心不在焉的望著琉璃子逐漸達到忘我之境的背影。

正當兩人雲雨之際，羽仁男聽到有人緩緩轉動門鎖的聲響。

琉璃子渾然未覺，微微冒汗的臉往左右擺動，雙目緊閉。

「歡迎光臨。」

羽仁男如此暗忖。這麼一來，應該會有消音手槍之類的武器，從他背後打出一個小小的紅色窟窿，穿透琉璃子的前胸。

傳來房門輕輕關上的聲音。擺明有人走進屋內，但什麼事也沒發生。

羽仁男連轉頭望都嫌懶，既然對方給了他這麼充足的時間，索性就把事情辦完吧。要是能在達到巔峰的那一剎那死去，就太走運了。雖然羽仁男並不是爲了等候這一刻才一直活到現在，但是面對這幸運得來之物，他抱持著渴求許久的心情，就此縱身投入琉璃子那精妙絕倫的陷阱中。待餘韻平息後，還是什麼事也沒發生，於是他像蛇昂首吐信般，從琉璃子身上轉頭而望。

這時，他發現眼前有個身穿杏黃色古怪外衣、模樣肥胖滑稽的男子，頭戴一頂貝雷帽，膝上攤著一大本素描本，正全神貫注的握著鉛筆作畫。

「啊，請保持這樣別動。」

男子輕聲說道，目光復又移回紙上。

一聽聞這個聲音，琉璃子馬上一躍而起，那駭人的驚恐表情，令羽仁男嚇了一跳。

琉璃子使足了勁一把拉過床單，纏向自己身軀，坐在床上。羽仁男就此全身不蔽一物，而他此時也只能就這樣坐在床上，斜眼來回望向琉璃子和那名中年男子。

「你爲何不開槍？爲什麼不快點殺了我。」

琉璃子驚聲尖叫，就此放聲號啕大哭。

「我懂了。你想活活凌遲我對吧。」

「用不著這樣大吵大鬧。妳冷靜一點。」

男子仍握筆作畫，一副不願就此結束的模樣，操著一口怪腔怪調的日語如此說道，完全無視於羽仁男的存在。

「我正在素描。這會是一部好作品。你們運動的模樣眞的很美。就此激起了我的藝術心，可以請你們先別講話好嗎？」

羽仁男和琉璃子只好保持沉默。

6

「好，完成了。」

男子闔上素描本後，脫下貝雷帽，一起放在桌上。接著走向他們兩人，像小學老師似的，雙手叉腰。

「你們兩個都快穿上衣服。會感冒的。」男子道。

此舉令羽仁男大感意外，他就此開始穿上剛才胡亂脫向一旁的衣服，琉璃子則是裹著床單，悻悻然站起身，走進房間。拖地的床單卡在門上，她暗啐一聲，態度冷漠的把床單拉進房內後，粗魯的關上房門。

「請往這兒坐。來喝一杯吧。」男子說。

不得已，羽仁男只好回到剛才他和琉璃子一起坐著喝酒的椅子。

「她得花些時間梳妝打扮。應該會在浴室裡待上三十分鐘吧。在這裡等也沒用。先喝一杯。一杯喝完後，你就乖乖回家去吧。」

男子從冰箱裡取出一瓶曼哈頓，動作俐落的朝兩人的雞尾酒杯裡各放一顆櫻桃，然後往裡倒酒。男子的手很肥厚，讓人聯想到無限的寬容。他手背的指根處還長著四個酒窩。

「對了，你是什麼人，我並不想問。因爲就算問了也沒用。」

「琉璃子小姐把我說成是ＡＣＳ隊員……」

「這件事你用不著知道。ＡＣＳ只存在於驚悚漫畫裡。我其實很講究和平。連一隻蟲子都沒殺過。不過，她有性冷感的毛病。所以爲了帶給她刺激，讓他感受刺激的滋味，我安排了許多設計。她也就此獲得滿足，還當那把玩具槍是眞槍，到處拿槍示人。我是如假包換的和平主義者，認爲日本國民得和睦相處，一團和氣的從事貿易，做買賣，互相幫忙，這點非常重要。別說傷害別人的身體了，就連傷害別人的心靈，我也是百般不願。我認爲這就是最重要的人道主義。你不這樣認爲嗎？」

「一點都沒錯。」

羽仁男聽得目瞪口呆。

「她對追求和平的我沒半點感覺，卻對緊張刺激充滿憧憬，沉迷看驚悚漫畫。所以我只好演戲。假裝我已殺過許多人。並向她編造ＡＣＳ之類的謊言。她就喜歡這樣，如此一來，她的性冷感就能治癒，所以她總是將自己封閉在這種幻想的象牙塔裡。如果我眞像她說的那樣，日本警察那麼厲害，怎麼可能放任我逍遙法外。不過，爲了能和她享受魚水之歡，我成了殺人如麻的黑社會老大，這種感覺也不壞。」

「這樣我明白了。不過，你爲什麼放了我……」

「你又沒任何過錯。你帶給琉璃子快樂，可說是我的恩人，我怎麼能責怪你呢。再喝一杯如何？喝完這杯後，就馬上回家去吧。最好別再來了。要是我吃醋的話，那可就傷腦筋了。不過，剛才我畫了一幅很棒的畫，請看一下。」

中年男子攤開那本素描本。

這幅畫功遠在外行人之上的素描，畫著男子所說的「運動」。

連羽仁男本人看了，也覺得它是如此美麗聖潔，宛如精悍充滿活力的野生小動物在嬉戲般。猶如人類因心中充滿歡愉而呈現出開朗活躍的舞姿，確實是貨眞價實的「運動」。羽仁男在滿腦子心機下做出的這項充滿理性的運動，從這幅畫中完全感受不到。連他也不自主的坦然誇讚：「眞是一幅好畫。」把畫還給男子。

「很棒的畫對吧。人在愉快的時候最美了。這是最和平的姿態。我不想破壞這個畫面，讓它維持這樣即可。只要把它畫成圖畫就行了。……那麼，趁琉璃子還沒出來前，你快回去吧。」

男子站起身，伸手想要握手。

羽仁男很不想和那宛如軟墊般的手相握，他認爲是該離開的時候了，就此站起身向男子說道：「那我就此告辭。」

朝門口走去。

接著男子伸手搭在羽仁男肩上。

「你還年輕。就忘了今天的事吧，可以嗎？今天發生的事、這個地方、今天見過的人，全部忘掉。知道嗎？唯有忘了它，你才會留下美好的回憶。這句話是我送你的餞別禮。這樣你明白了嗎？」

7

在這番通情達理的成熟話語送行下，羽仁男來到明亮的戶外，連他也覺得今天早上的體驗宛如一場可笑的幻影。他一直自認是個虛無主義者，但如今卻受到大人的智慧開導，感覺彷如從一名青年成長爲獨當一面的大人。簡言之，對方當他是個小鬼，沒跟他計較。

他走在冬日的街道上，懷疑是否有人會跟蹤他，回身望去，卻根本空無一人。羽仁男認爲連他也被驚悚漫畫給騙了，不，不只是他，恐怕連委託他的那名老翁也被騙了。

附近有家新開的小酒館，他走進店內歇息。點了咖啡和熱狗。

當女服務生送來法國芥末醬的瓶子，以及新鮮的香腸從麵包中間露出油亮外皮的熱狗時，羽仁男若無其事的問道：「今晚有空嗎？」

那是一名身材清瘦、冷若冰霜的女子，打從白天起就化著晚上的濃妝，緊抿的雙唇就像在說她一輩子也不笑。

「現在還是白天哦。」

「所以我才問妳晚上有沒有空啊。」

「現在是白天，我不知道晚上是什麼情形。」

「哦，妳的意思是未來不可知是吧？」

「沒錯，十五分鐘後的事，都無從得知。」

「還十五分鐘呢，區隔得眞明確。」

「因爲就連電視也是每隔十五分鐘就播廣告，暫時休息。這樣接下來的節目不是很令人期待嗎？人就是這樣。」

女子朗聲大笑，就此離開。意思是他被甩了。

但羽仁男完全沒放在心上。原來這女孩是以電視作爲人生的模範。這麼做，或許凡事都能穩當、正確，而又令人安心。明明每隔十五分鐘，電視節目就會因爲廣告而中斷，那又何必去想今晚的事呢。

羽仁男此時就算回公寓，也沒事可做，所以他四處遊蕩，盡可能不花錢，半夜才回到公寓裡。

雖然懷裡有五萬圓，但他覺得這筆錢得歸還老翁才行。

老翁下次不知道什麼時候會露面。

在老翁露面結算之前，他這條性命的買主仍是那名老翁，所以掛在門外的那面「業已售罄」的牌子最好還是保持原樣別動。

當天晚上羽仁男睡得很沉。翌晨，有個腳步聲停在門外，似乎正望著牌子思索，也沒敲門就這樣離去。寤寐間，他以爲來的是殺手，但接著他開始反省，自己現在竟然還被虛假的驚悚故事欺騙，他一面煮早餐的咖啡，一面對著牆上的鏡子做鬼臉。

羽仁男發現接下的這一整天，他都在等候老翁前來，對此頗爲驚訝。他想早點見老翁一面，請老翁對他的性命做安排。既然他都買下了，好歹也要關心一下商品。想到老翁要是在他外出時前來，那就麻煩了，所以他一整天都沒外出。

冬日西下。公寓管理員前來發送晚報，晚報從昏暗的房門底下塞了進來。

打開晚報的社會版報導，他看到上面刊登了琉璃子的大頭照，大吃一驚。

「隅田川出現一具美女浮屍。尚不清楚是自殺還是他殺。從死者遺留在橋邊的手提包中發現一張名片，上頭沒寫住址，只寫著『岸琉璃子』一行字。」

新聞報導以離奇詭異的筆調來描述這起案件。

8

看完晚報，正當羽仁男對琉璃子的死感到茫然時，那名老翁剛好前來，來得正是時候。

老翁滾也似的衝進房內，在房裡手舞足蹈的喚道：「太好了，幹得漂亮。你用這招，所以才沒死是吧？嗯，果然是個厲害的生意人。謝謝你、謝謝你。」

這句話惹惱了羽仁男，他一把揪住老翁胸口的衣領。

「好了，你快滾吧。五萬圓還你，拿回去。」他把錢塞進老翁口袋，對他說道：「這是你買我性命的錢，既然我現在還活著，就沒道理拿你的錢。」

「你先別生氣，先聽我把話說完嘛。」

老翁極力抵抗，手腳不住揮動。他從屋內握住門把，大呼小叫，羽仁男擔心會驚動公寓其他住戶，這才鬆開他，老翁齒縫間發出嘶嘶的聲音，誇張的喘息著，一屁股坐向地面，接著爬向一旁，坐上椅子後，極力維護自己的威嚴。

「你不該對我這上了年紀的人動粗。」

接著他發現口袋裡那筆錢，氣沖沖的一把抓起那疊鈔票，擱在菸灰缸上。老翁難道是想點火燒了那疊鈔票？羽仁男很感興趣的緊盯著瞧，但老翁並沒那個意思，那疊皺巴巴的鈔票宛如一朵骯髒的人造花，在菸灰缸上綻放。

「也難怪我會這麼高興。因爲琉璃子是如何瞧不起我、折磨著我，年輕的你是無法想像的。她罪該萬死，而且這是她應得的報應。對了，你和琉璃子睡過對吧？」

羽仁男感到氣血直衝腦門，但他還是忍不住低頭望向地面。

「被我說中了吧。你們睡過了對吧？她是很特別的女人吧？你是不是這麼想啊？只要和那個女人睡過，你就會開始恨她。因爲日後和其他女人上床，都會感覺味如嚼蠟。……對了，坦白說，我已上了年紀，不能和她行魚水之歡。走到這一步，不管怎樣，我都只能殺了她。」

「這道理還眞是簡單明瞭。那麼，是你殺了她囉？」

「喂，這種玩笑可不能亂開啊。如果我有那個能力，何必來委託你？殺害她的人是……」

「這件事是他殺嗎？」

「當然是他殺啊。」

「我總覺得這一切像是在謊言包裝下，意想不到的一連串偶然事件所引發。我打算明天再去一次那棟大廈……」

「勸你千萬別這麼做。那裡現在一定有警察把守。哪有人會像你這樣去自投羅網。你千萬不能做傻事。」

「說的也是。」

羽仁男覺得，即使現在去也已無濟於事。如今那彈性十足的胴體已不存在，就算去到那空蕩蕩的房間，又能怎樣呢？那裡現在一定只有一把放在冰箱裡的手槍。

「不過，不可思議的是……」羽仁男這才開始冷靜下來，決心將自己經歷的事逐一告訴老翁。

老翁從齒縫間發出嘶嘶的聲音，一直靜靜聆聽，不過在這段時間裡，他那滿是老人斑的手時而神經質的摸向領帶的領結，時而輕撫稀疏的頭髮，無意識的展現出他年輕時遺留下的公子哥習慣。接著他望向窗外，看到幾戶房舍屋簷間的枯垂柳樹，在窗邊燈光的照耀下，隨夜裡的寒風擺盪。老翁的模樣如同在探尋心中落寞的歡樂回憶。

「說來最不可思議的，是我竟然沒被殺害。要是日後我成爲證人，不就很麻煩嗎？」

「這種事一猜就知道了。那個男人當然是早就下定決心要取那女人的性命。你只是個礙事者。這樣你知道了吧？那個男人大概也同樣爲了她耗損太多精氣，身體肯定已經不行了。如果在屋裡連你一併殺了，便如同把你和那個女人一起送到另一個他到不了的世界。相較之下，他寧可採用能夠獨占那女人的殺人方式。當然了，你的行爲肯定令他的殺意更加堅定。」

「可是，那個男人眞的是凶手嗎？看起來一點都不像呢。」

「你可眞沒眼光。他是殺人組織裡的老大。就算你日後當證人，他也早已想好方法，不會讓你逮著他的狐狸尾巴。搞不好現在他正堂而皇之的待在那棟大樓的房間裡，上演一齣爲琉璃子的死悲嘆落淚的戲碼呢。對了，這起殺人案，你最好早點忘掉。反正這個案子最後一定破不了案。你最好也別多話，專心做你的生意吧。……最後，爲了慶祝成功達成任務，我再多給你五萬圓。」

老翁朝那切角玻璃製成的大菸灰缸上頭又放了五張萬圓鈔票後，就此準備離去。

「這麼一來，我們就再也沒機會再見了吧。」

「我也希望如此。琉璃子沒提到我的事對吧？」

這時，羽仁男突然興起惡作劇的念頭，如此說道：「這個嘛，倒也不是完全沒提哦。」

「咦？」老翁臉色轉爲慘白。「難道她講出我的身分和名字……」

「到底有沒有說呢……」

「你打算勒索我是嗎？」

「就算我向你勒索，你也沒犯什麼刑法上的罪，不是嗎？」

「話是這樣說沒錯……」

「我們只是彼此合作，想要轉動世界這個危險的大齒輪罷了。一般來說，如果只是這麼點小事，這世界是不會因此撼動分毫的，不過，只要我敢捨命去做，就連殺人案也有可能發生。你不覺得很棒嗎？」

「你眞是個奇怪的男人，就像自動販賣機一樣。」

「沒錯。只要投入銅板就行了。機械會賣命的工作。」

「人也有辦法變得像機器人一樣嗎？」

「這得看有沒有覺悟囉。」

羽仁男嘴角輕揚，看在老翁眼中，似乎覺得很陰森駭人。

「你到底想要多少？」

「如果我想要錢的話，會再去找你，今天這樣就夠了。」

老翁逃也似的衝向門邊。羽仁男朝他背後喊道：「暹羅貓的事就不用麻煩了。因爲我還活著。」

羽仁男手伸向門外，再次將「Life for sale」的牌子翻向正面，打著哈欠走回屋內。

9

他是死過一次的人。

理應對這世界沒任何責任，也不存有任何執著。

對他而言，這世界不過是以蟑螂文字拼湊而成的報紙罷了。

如果是這樣，那琉璃子呢？

琉璃子化爲冰冷的屍體被人發現，警方應該會積極找尋凶手才對。他有自信在那棟大廈裡沒被人撞見，而且他在走廊等候的那二十分鐘裡，也沒和任何人打過照面。離開大廈後，也沒人一路跟蹤他來到公寓的跡象，簡言之，他就像一陣煙，混雜在這個社會中。當然不必擔心會被傳喚當證人。比較危險的是，那名老翁有可能會被傳喚爲證人，而向警方說出羽仁男的事，不過，此事完全毋須擔心。因爲老翁很怕和羽仁男扯上關係，此事再清楚不過了。

既然如此，就算是羽仁男殺了琉璃子，最後一樣無法破案。

想到這裡，羽仁男不禁感到寒毛直豎。

難道殺害琉璃子的人眞是他自己嗎？

在這一切都脫離現實的世界，他會不會是在不知不覺間中了那名戴貝雷帽的男子所下的催眠術，殺了琉璃子呢？也許就在那天晚上他熟睡的那段時間裡。

他出售自己的性命，最後只是用來殺人嗎？

不，這些都是自己在胡思亂想。他沒任何責任。

連繫這社會與羽仁男的絲線，應該早就斷了。

若眞是如此，他與琉璃子那甜美、糾纏的回憶又是什麼？他的肉體感受到某種歡愉，這又代表了什麼含義呢？

或者應該說，琉璃子這個女人是否眞的存在？

他不想再對自己出售性命的事悶悶不樂。

今晚自己一個人來做點什麼事吧。之前我這條命賣了十萬圓，現在又能再轉賣了。

像喝酒這種平凡無奇的事，羽仁男並不想做。這時他猛然想起某件事，從櫥櫃裡取出一個有張滑稽臉孔的老鼠玩偶。這是以前某位做這種工藝品的女子送他的。

這隻老鼠有個像狐狸般突尖的嘴，鼻尖有幾根稀疏的毛。小眼睛是黑色珠子作成，這種設計點子很普通。然而，這老鼠卻穿著一件精神病患的拘束衣。也就是說，那是雙手交纏，無法隨意行動的一件堅固白衣。胸前還以英語寫著：「這名患者帶有狂性，請多小心。」

羽仁男認爲，這隻老鼠之所以無法行動，都是因爲這件拘束衣的緣故，而且他以很合乎邏輯的想法猜測，這隻老鼠之所以長著一張極其平庸而且大眾化的鼠臉，全因爲牠是個瘋子。

「鼠老弟。」

他如此喚道，但老鼠沒回應。也許老鼠患有厭人症。

雖然這不是「鄉下老鼠與東京老鼠」的故事，不過，搞不好它是隻鄉下老鼠，受奸詐的東京老鼠矇騙，因而被大都會的重壓給徹底壓垮。而這隻身處大都會的老鼠，一直深受某個問題苦惱，最後終於狂性大發。

羽仁男想好好和這隻老鼠共進晚餐。

他讓老鼠坐在餐桌對面，在它的拘束衣上圍上餐巾，讓它在此等候晚餐上桌。那隻發瘋的老鼠端坐靜候。

羽仁男思考老鼠的菜單後，替它準備了起司，以及它的利牙可以輕鬆啃食的小塊牛排。

他還準備了自己的一份，擺在桌上。

「來，鼠老弟，吃吧。用不著客氣。」

他如此邀約，但老鼠沒回應。看來，這隻瘋老鼠罹患了厭食症。

「喂，你爲什麼不吃。我如此用心準備的晚餐，你不滿意是嗎？」

一樣沒回應。

「哦，用餐時沒音樂吃不下飯是吧。你可眞奢侈。我就來播放你可能會喜歡的曲子吧。」

他用餐到一半霍然起身，以立體音響播放德布西的〈沉沒的教堂〉。

老鼠依舊板著臉孔，一口也不吃。

「你可眞怪。你是老鼠，就算不用手應該也能吃吧？」

沒有回應。羽仁男忍不住發火。

「看不起我做的菜是吧。既然這樣，就隨便你吧。」

羽仁男打翻裝有小塊牛排的盤子，撞向老鼠臉上。

在這陣撞擊下，老鼠就這麼從椅子上翻倒，跌落地面。

羽仁男一把抓起它。

「搞什麼，就這樣死啦？你可眞容易死，不覺得丟臉嗎？說話啊，喂！我可不會替你辦喪禮哦。誰要替你守靈啊。老鼠就要有老鼠的樣子，在你骯髒的鼠窩裡變成老鼠乾吧。你生前一無是處，死後也一樣。」

他一把抓起那隻死老鼠，將它丟進原本的櫥櫃。

接著將那隻死老鼠剛才沒吃的小塊牛排送入口中。口感就像肉丸子一樣，風味絕佳。

「要是別人看了，應該會覺得這是個孤獨的人，爲了從孤獨中解脫所做的無聊遊戲。不過，要是與孤獨爲敵，可有得受呢。我一定會站在孤獨這邊。」

羽仁男聽著德布西的音樂，如此思忖。

這時，有人小聲的敲著門。

10

打開門一看，外頭站著一名頭髮盤向腦後，看來很不起眼的中年女子。

「我是看報上的廣告才來的。」

「哦，這樣啊。請進。我正在用餐，很快就吃完了。」

「眞不好意思。」

女子環視四周，戰戰兢兢的走進房內。

買別人的性命，理應是正大光明的行爲，但爲什麼每個客人走進時，都是這副陰沉的窩囊樣呢？

羽仁男一面用餐，一面偷瞄女子，從她那不太講究的穿著感覺得出她不是普通人妻，而是像在短大教英國文學的老處女。面對一群青春洋溢的學生，而且同樣身爲女人，讓她益發想發揮「不像年輕人」的獨特性。若是這樣，這名女子可能遠比她外表看起來還要年輕。

「坦白說，我每天都偷偷來到你門前。但每天門外都掛著『業已售罄』的牌子。我一直納悶這是怎麼回事。如果你的性命已售出，不就表示你已經死了嗎？不過，今天我抱著十分之一的希望，以姑且一試的心情前來，發現牌子已經轉爲正面，寫著Life for sale，就此鬆了口氣。」

「是的，之前的工作已平安無事的完成了。因爲我雖然售出性命，但最後還是倖存下來。」

羽仁男沖泡飯後咖啡，順便爲女子泡了一杯，端著兩杯咖啡說道。

「您找我有什麼事？」

「這件事很難啓齒。」

「在我這裡，您什麼都不必擔心。」

「話雖如此，還是很難啓齒。」

女子沉默了半晌後，睜大她那半月形的雙眼，直視著羽仁男。

「這次你要是把性命賣給我，也許就再也無法活著回來了。這樣你還是願意嗎？」

11

見羽仁男處之泰然，女子噘起嘴喝了口咖啡，就像洩了氣似的，再次語帶威嚇的說道：

「眞的會沒命哦。可以嗎？」

「嗯，可以啊。總之，您先說來聽聽吧。」

「那我就告訴你吧。」

女子就像害怕孤男寡女共處一室會被侵害般，頻頻整理衣服下襬，但是看她的腰身，感覺不太可能會遭人侵害。

「我在一家小圖書館負責借還書的工作。就算你問我是哪家圖書館也沒用，因爲全東京的圖書館數量，就跟警局一樣多。

「我自己一個人住，所以從圖書館返家時，都會購買各種晚報，等回到公寓後，不論是個人問題諮詢欄、介紹欄、徵才欄、交換欄，我都會仔細閱讀，這是我的習慣。起初我很沉迷於筆友欄，還特地申請了一個郵政信箱，但我知道見面之後一定不會有什麼好結果，所以向來都只是讓對方一頭熱，接著突然不再通信。」

「爲什麼您說『我知道見面之後一定不會有什麼好結果』？」羽仁男提出殘酷的詢問。

「因爲每個人都有各自的夢想。」

女子轉頭望向一旁，逞強應道。

「……你不要打岔，好好聽我說。

「我已經玩膩了筆友遊戲，想追求更刺激的通信。但似乎沒這種東西。」

「像我不就刊登了『性命出售』的廣告嗎？」

「你聽人把話說完好不好！今年二月，說起來已經是十個月前的事了，當時我注意到『找書欄』的一篇啓事。

「『收購昭和二年（一九二七）發行，山脇源太郎著的《日本甲蟲圖鑑》。二十萬圓現金交易，但要求書況完整。來信請寄中央郵局郵政信箱二七七八號。』

「我認爲這是很誘人的價格，聽說最近舊書價格飛騰，所以這應該是很難取得的書，而且對方與舊書店接洽後依舊無法取得，才會刊登這樣的廣告。當時我出於職業病，心裡做這樣的揣測，但旋即便忘了這件事。

「每年到了三月的年度結算，圖書館都會做一番大整理，從倉庫裡取出塵埃密布的書，重新加以編號，這可是件大工程。當中，在自然科學的領域方面，有好幾百本年代久遠，都快成精的書，裡頭約有十本關於昆蟲學的書映入眼簾。雖然一樣屬於自然科學的領域，但是像醫學或物理，只要發明新的療法或藥物，或是有新發現，很多書馬上變得一文不值，昆蟲學則不會有這種情形，我拂去書上的塵埃，逐一細看。

「這時，我偶然發現一本書。

「『昭和二年發行，《日本甲蟲圖鑑》山脇源太郎著——有緣堂發行』

「之前『找書欄』的廣告赫然浮現我腦海，我在圖書館工作多年，都不曾有過的壞念頭，就此萌生。」

12

——對她接下來說的話做個整理，內容大致如下：

她以前當然沒做過壞事。

然而，那二十萬圓的誘惑雖然沒形成清楚的物質幻影，但是她對於「可以讓其他女人刮目相看」的服裝等奢侈品存有一股欲望，在她內心深處就像炒豆般，頻頻發出聲響，慫恿她這麼做。

她不由自主的將《日本甲蟲圖鑑》包進手上的紙屑中，然後若無其事的繼續整理，接著說了一句「我出去丟個紙屑就回來」，捧著書和紙屑來到走廊後，抽出那本書，藏至她熟悉的地方。只要事先這麼做，萬一日後蓋有圖書館館藏印章的書流出，也才有藉口說是不小心和紙屑一起搞混丟棄所造成的。

那天晚上她回到公寓後，像是打開一本不良書刊似的，一顆心噗通噗通直跳，翻開那本《日本甲蟲圖鑑》時，頁面間還揚起一股塵埃味。

這確實是一本會令人覺得稀奇而想找尋的奇書。不知當初是爲了藝術還是爲了個人嗜好所寫。雖是早期的印刷，但上頭的原色版插圖無比精美，就像飾品的彩色印刷廣告般，各式各樣的甲蟲陳列眼前，五顏六色的背甲散發耀眼光澤。另一方面，書中還配合圖片編號，寫有每隻甲蟲的學名、產地，以及解說。

但最奇妙的，莫過於它的分類方式了。不同於科學分類，它的目錄編排如下：

第一類　好色科（春藥目、強精目）

第二類　催眠科

第三類　殺人科

根據老處女的習性，她故意跳過最想看的第一類，改看第二類之後的項目，這可說是必然的結果。

尤其是第三類的殺人科，不知是何人所爲，不斷在這個項目畫紅線或畫紅色圓圈。

其中，她在一三二頁處看到「梳角花潛金龜 **Amthypnaa pectinata**」這行文字，與圖片對照後，得知是一隻平凡無奇的茶褐色小甲蟲，頭與背部中間的部位窄細，長出第一肢的粗大頭部前方，有個像刷子般的東西往前突出，感覺好像在哪兒見過這樣的甲蟲。

解說上如此寫道：

「產於本州東京附近，常聚集於玫瑰、海州常山，以及其他各種花朵上。

「此種甲蟲很容易採集，但大部分人都不知道，牠不僅具有催眠作用，還能發揮殺人的功效，而且能佯裝成是自殺。將此種甲蟲乾燥處理後，磨成粉末，混入皮質性安眠藥溴滑利尿素中，讓人服用後，便能在對方睡眠時下達命令，引導對方進行各種形式的自殺。」

就只有這樣的說明。

然而，看完這些描述後，她直覺找這本書的人有犯罪意圖，她以剃刀的刀鋒仔細刮除書底裡頁與扉頁上所蓋的圖書館館藏用印。接著寫了一封明信片，寄至對方的郵政信箱。

「我手上有您所要的書，書況完整。倘若您尚未取得，我願以您指定的條件轉讓。不過，希望能一手交錢一手交貨。請告知交易的場所與時間。請盡可能選在星期日。」

她寫下簡單的文句，並附上自己的郵政信箱。

——四天後得到回覆。

對方指定下個星期天，時間上沒問題，但地點離茅崎的藤澤車站相當遠，是姓「中島」的一戶人家，似乎是別墅，信中並附上地圖。

不過信中錯字頗多，而且筆跡幼稚拙劣，連她的名字都寫錯。

「這一定是個怪人。」她心想。

那個星期天下午天氣晴朗，但春寒料峭，風吹猶寒，她照著地圖的指示，從藤澤車站往海邊的方向走去。

從柏油路走向一旁的岔路後，轉爲沙地，老舊別墅區的石牆略微陷在沙地裡。有黃色的蝴蝶飛舞。這處別墅區目前仍不見人影。最近住這附近到東京通勤上班的人家當然也不少，不過，這一帶特別保有往昔別墅區的風貌，清幽閒靜。

穿過寫有「中島」門牌的老舊大門後，眼前是一條連往內宅的長長沙石路，在松林中座落著一棟洋房，寬敞的庭院顯得很荒涼，飽含水氣的海風狂吹。

按下門鈴後，出來應門的是位身材肥胖，紅臉的歐美人，她一開始嚇了一跳，但那名歐美人卻操著一口流利到讓人聽了不舒服的日語。

「謝謝您的來信。我已恭候多時，請進。」

他穿著一身華麗的格子花紋運動衣，女子被引進的房間裡，還有一名瘦得像螳螂的洋人，禮貌周到的從椅子上站起身，行禮問候。

女子原本打算見氣氛不對，便馬上逃離，這間約十二張榻榻米大的房間裡，有一組看起來頗爲沉重的美式藤椅，直接就擺在沒鋪地毯的榻榻米上，讓人覺得這只是一處暫時的棲身之所。除此之外，再也沒其他醒目的家具，壁龕處擺著一台彩色電視，沒播放畫面的映像管，呈現出猶如沼澤水面般的藍黑色。

紙門敞開著，粗糙的沙地走廊直接連往滑動不太順暢的玻璃門，經風吹拂，那扇玻璃門不斷發出聲響。看起來沒上鎖，給人一種門戶洞開的感覺，似乎從任何地方都逃得出去。

那名瘦洋人邀女子喝酒，她婉拒了。接著，對方端來一杯像檸檬水的東西，但想到在完成交易前要是誤服對方下的安眠藥肯定壞事，儘管喉嚨無比乾渴，她還是不敢碰那杯水。

那名會講日語的胖洋人請她上座後，便沒再與她搭話。由於對方遲遲不提及甲蟲圖鑑的事，女子故意將自己擺在膝上用來裝那本書的購物袋晃了幾下，以引起對方的注意。

但一樣沒任何反應。

兩名男子以英語悄聲交談，完全無視於她的存在。雖然女子聽不懂英語，但從兩人的表情看得出，他們似乎在談論很嚴肅的話題。女子逐漸感到焦急不安。

這時玄關傳來鈴響。

「Oh～maybe Henry……」

那名胖洋人急忙走向玄關。

這時，一名穿著散步服裝，有點年紀，長相帥氣的洋人，牽著一隻活像是垂著雙耳的海狗、全身油亮的臘腸狗，走進屋內。從那兩人的應對態度看來，此人似乎是他們的頂頭上司。兩人恭敬的向他介紹女子。臘腸狗難看的擺動著腰部。

男子似乎完全不懂日語，用英語飛快的說了一大串好聽話。那名胖洋人代爲口譯。

「亨利先生說，您依照約定前來，非常感謝，對您很是尊敬。」

女子心想，根本沒什麼好尊敬的。

「您把書帶來了吧？」

聽對方這麼說，女子心想，終於進入主題了，心頭一喜。

她打開包裹，把書遞向前。

「那筆錢，money，請不要忘了。」

她請那名胖洋人口譯，但對方沒理她。一股擔心對方不給錢的恐懼，令她喉頭感到無比難受。

那名年紀較大的洋人頻頻翻閱那本書。他臉上散發光采，看得出很是滿意。

「讓您久等了。他想先檢查完畢後，再付您這筆錢。之前我們拿到的書，都有三十頁左右的頁面被人剪掉。推測是當時的日本警察剪掉的。我們第一次看到沒有缺頁的全書，如您所見，亨利先生非常高興。……來，這裡有二十萬圓。請點收。」

胖洋人那宛如琺瑯般泛著白光的臉頰浮現笑窩，把錢遞給女子。那隻狗上前嗅聞鈔票的氣味。

數過那二十張全新的萬元鈔票後，女子鬆了口氣，心想此地不宜久留，馬上站起身打算離開。

「啊，您要回去了是嗎？」

胖洋人如此說道，那名瘦洋人也起身慰留。

「您專程遠道而來，方便的話，留下來吃頓便飯再走吧？」

「不用了，謝謝您的好意。」

女子就像要甩開他們似的，準備離開。

因爲她有預感，自己會撞見什麼可怕的場面。

那名胖洋人突然湊向她耳邊悄聲道：

「想不想再多賺五十萬圓？」

「咦？」

她懷疑是自己聽錯了，就此停步……

13

——羽仁男略感興趣，女子雖然毫無姿色可言，但她敘述得條理分明，引人入勝。

「哦，條件不錯啊。所以妳又多收了五十萬圓才離開是嗎？」

「我哪會那麼做啊。我最後拒絕一切，離開了那裡。雖然不覺得有人在背後跟蹤，但我幾乎是一路跑到藤澤車站，跑得我滿身大汗。」

「後來妳又去了那戶人家嗎？」

「其實是這樣的……」

「他們又找妳去？」

「不，我很在意那件事的後續發展，於是在七月某個天氣晴朗、閒來無事的星期天，又去那裡查看。因爲感覺屋內有人，所以我按下門鈴，這次出來應門的是一位日本太太。我一時不知如何是好，向對方詢問『請問亨利先生在嗎？』對方回答道，『哦，那位外國人是吧。今年春天，我這棟房子臨時租他住兩、三個禮拜，他們後來的情形怎樣我就不清楚了。』由於對方態度冷淡，所以我就這樣回來了。」

「哦。妳這故事是很有趣，不過，和我有什麼關係呢？」

「愈來愈有關係了。」

女子如此說道，向他要了根菸，點燃了火。這是完全不帶半點性感的動作，就像賣彩券的老婆婆在向人推銷彩券同時，還向人討菸一樣的厚臉皮。

「後來什麼事也沒發生，而我也一直留著那個郵政信箱，但對方並沒和我聯絡。

「直到最近，我看到你『性命出售』的廣告後，腦中突然浮現一個想法。那五十萬圓該不會是要我當實驗品的意思吧？如果是這樣，那倒還可以說得通。而對方如果發現你的廣告，一定也會主動與你聯絡。」

「一直都沒這樣的人跟我聯絡。再說，像那種從事非法勾當的洋人，現在都跑到香港或新加坡去了吧？」

「如果是ＡＣＳ就有可能。」女子道。

「咦？」

羽仁男一時懷疑是自己聽錯了。

14

連她都知道ＡＣＳ！

那名第三國人口中，只存在於驚悚漫畫裡的ＡＣＳ，也許與琉璃子的死有關，由於羽仁男心中正開始產生這樣的懷疑，此時聽女子這麼說，頓時覺得一切都有所關聯。羽仁男懷疑，搞不好因爲他的「性命出售」的緣故，ＡＣＳ因此利用他作爲手下的一顆棋子。

但從另一個角度來看，如果女子隸屬於心思那般縝密的組織，絕不會隨便講出組織的事。女子提到ＡＣＳ，肯定什麼也沒想，與茅崎的那群洋人會面，一定也是她依據自己所見所聞所做的眞實報告。

「ＡＣＳ到底是什麼？」

「啊，你不知道啊？它是個名爲Asia Confidential Service的神祕組織，聽說與走私毒品有關。」

「爲什麼妳會知道這些事？」

「有洋人會在圖書館裡進行毒品交易。那洋人每天上圖書館，是個勤奮好學的人，我對他頗感敬佩，而且他待人和善，人又長得帥，聽說還是洛杉磯C大的副教授，每天似乎都從事日本歷史的研究，所以我常和同事聊到他，說他一定是那個專業領域的知名學者。

「不久，我發現他在閱覽室慣坐的座位旁，開始會坐著一名像是失業者的日本人。兩人似乎是在圖書館裡認識，那名日本男子也常借日本歷史的書籍。

「『那人明明是日本人，卻向一個對日本歷史有更深造詣的洋人學習。這世界可真是反了。』圖書館裡甚至有女同事這麼說。

「不久，圖書館的女性櫃台人員和那名洋人變得熟絡，約他一起到附近的咖啡廳，不過洋人似乎個性謹慎，還請那名女子找其他朋友一起去，女子不太高興，卻仍找了我們一起去。我雖不感興趣，但最後還是陪同前往。

「那應該是去年五月時的事吧。我印象很深，那天傍晚的情景至今仍歷歷在目。那位洋人當然是說著一口流利的日語，圖書館關門後，我們伴著明亮的夕陽餘暉，走在圖書館到市街的那排美不勝收的行道樹下。帶著那名洋人到我們常去的那家咖啡廳，令我們三人產生互相較勁的心態，同時也感到心情雀躍，喜不自勝。

「我們坐下後，天南地北的閒聊，他果然能言善道。

「『像這樣和各位美女一起品嘗南蠻傳來的好茶，我的心情感覺就像走進大奧③的德川將軍呢。』

「還不時會這樣說笑引人發噱。聽在別人耳中，或許會覺得這種玩笑很不得體，但是出自多德韋爾先生口中，聽起來卻覺得天眞無邪。

「聊著聊著，多德韋爾以聽了很舒服的口吻（不過，他的日語感覺欠缺情感，就像加了太多潤滑油的機械般，有點過於圓滑）向我們問道：

「『各位淑女，妳們知道ＡＣＳ是什麼嗎？』

「『不知道耶，是電視台的名稱嗎？不過，日本好像沒有這家電視台呢。難道是美國的電視台？』

「『還是製造電視機的公司名稱？』

「『我認爲應該是某個國際農業合作組織的名稱。像是Agriculture Cooperative System之類的。』

---

③大奧：德川幕府將軍的生母、子女、妻妾們的住處，如同中國的後宮。

「其中一人展現自己的才學，讓人聽了很刺耳，所以我們都瞪向她。

「那名洋人笑咪咪的聽我們說，接著說道：『最後這個答案有點接近。不過，雖說是國際組織，但它是個名叫Asia Confidential Service的神祕組織。似乎是很恐怖的組織，而且就存在於妳們身邊。』

「我們聽得毛骨悚然，豎耳聆聽。

「多德韋爾先生說：『在圖書館裡，不是有個日本人常坐我身旁，問我歷史方面的問題嗎？在那間圖書館裡，沒人會像他那樣打擾別人，所以我不太喜歡，而且他都問一些很無聊的問題。

「『例如楠木正成④有幾個孩子？我因爲不是很清楚，心裡嫌煩，所以就隨口回答他：「十個。」』

「『男子臉上突然爲之一亮。事後細想，那可能是他們的暗號，而我恰巧說對了答案。』

「『不過，男子依舊懷有戒心，並未開門見山的說明來意，而前天，他突然對我說：「這麼說來，你不是ACS的人嘍？」』

「『「ACS是什麼？」我驚訝的問道。』

「『「Asia Confidential Service。……太好了。我搞錯人，差點就殺了你。』」

「『男子嘴角輕揚，如此說完後，便迅速離去。』

「『我嚇得腳底發毛，忍不住摸向自己後頸。他似乎誤以爲我是那組織的一員。』

「『嘩，眞可怕。你應該馬上報警的。』我們七嘴八舌說道。

「『把事情鬧大反而麻煩。』多德韋爾那成熟的雙唇噘起，如此說道。

「從那之後，多德韋爾就再也沒在圖書館裡出現了。不過ACS這個名字卻一直留在我腦海裡。」

15

聽到這裡，羽仁男問道：「那位叫多德韋爾的男人，該不會是組織裡的一員吧？」

---

④楠木正成：楠木正成，為鎌倉幕府末期到南北朝時期的著名武將。一生竭力效忠後醍醐天皇，在湊川之戰陣歿。後世以其為忠臣與軍人之典範，被視為武神。

雖然這麼說，但他並沒有十足的把握。

「若真是這樣，那他爲何要自己講出這件事？」

「因爲他覺得自己在圖書館與人聯絡的事被發現了，所以才反過來試探吧。」

「是嗎？」

女子對這個話題已不感興趣。

「我們回到原來的話題吧。」

「也對。照順序來看，我也該說明自己爲何會來買你的性命了。

「如果那個名叫亨利的洋人還沒與你聯絡，那麼，之前我離去時，他們對我說『想不想再多賺五十萬圓』那件事，應該還沒解決吧。

「打從我看到你刊登的『性命出售』的廣告起，便認定你就是測試金龜藥粉的最佳人選。我只收十萬圓的介紹費就好，剩下的四十萬圓用來買你的命，可以嗎？如果你同意，我願意負起責任，在你死之前把那四十萬圓送給你的家人。」

「我沒有家人。」

「既然是這樣，那你賣命得來的錢要怎麼處理？」

「請妳用那筆錢買下不好照顧的大型動物，例如鱷魚、金剛之類的。然後打消結婚的念頭，一輩子和那隻鱷魚或金剛同住。我覺得那就是最適合妳的夫婿了。妳絕不能起貪念，把鱷魚賣給別人當手提包哦。要每天餵牠吃飯，讓牠運動，全心全意的照顧牠。每次看到那隻鱷魚，就得想起我。」

「你眞是個怪人。」

「怪的人是妳吧。」

16

女子馬上寄了封快遞到亨利的郵政信箱，信中只以簡單的文句寫著：「以五十萬圓接受藥物實驗，但對象是男性。」馬上便得到回信，指定了見面時間。

時間是一月三日晚上，地點是芝浦倉庫街裡的一座倉庫。

羽仁男與女子約見面後，一起在冬夜裡幾欲被寒風吹跑的寒月底下，來到杳無人蹤的倉庫街。他伸手敲門，直到敲了第五下時，門才打開。通往地下的樓梯曲曲折折，最後來到一扇冰冷的鐵門前。

打開門後，一股熱氣撲面而來，門內開著暖氣，是一間地上鋪著紅地毯，約十二張榻榻米大的洋房。

有兩扇大大的方形窗，可以望見窗外海底的汙穢景象，各種穢物和垃圾堆積，充斥在看不見半條活魚的海水裡。窗框旁飄浮著一個死魚狀的白色物體，似乎是人類的胎兒，羽仁男急忙把臉轉向一旁。

不過房內的擺設相當舒適，暖爐裡頭設有電燈，以紅光照耀爐裡的假木柴。似乎是刻意避免使用會冒煙的暖爐。

裡頭有三名洋人，等候羽仁男他們到來。那名牽著一隻臘腸狗、年近半百的洋人，似乎就是亨利。

「之前你們問過我，想不想再多賺五十萬圓。」女子先開口道。

「沒錯，我們是說過。」其中一名洋人以日語答道。

「意思是問我願不願意當藥物的實驗對象，對吧？」

「您可真清楚。沒錯。」

「所以我帶這個人來。我已買下他的性命，所以請給我五十萬圓。」

洋人頗爲吃驚，以英語轉告亨利，三人開始竊竊私語。

「那麼，就算會喪命也無所謂嘍？」

「沒錯。」羽仁男神色自若的回答道：「各位，有什麼好驚訝的？人生根本毫無意義，而我們人也不過是空有人形的軀殼罷了，這點你們應該很清楚才對。你們該不會爲了這麼點小事吃驚吧？」

「您說得對。我們後來很努力的捕捉金龜。將它混進溴滑利尿素中，作成藥物，讓兩三人服用，進行實驗。確實如書中所言，服藥者會完全照我方的意思行動；但我們還沒試過讓人自殺，到時候人類求生的本能會如何抗拒，還是個問號。如果有想尋死的人，就能進行這項實驗了。」

「那麼，請先支付五十萬圓。」

女子如此說道，亨利命另一名男子拿來一疊鈔票，仔細數過那五十張萬圓鈔票後，遞給女子。女子從中抽出十張，放進自己的手提包裡，剩下的交給羽仁男。

桌上擺著一把手槍。

「裡頭裝了子彈，已打開保險。只要扣下扳機，即可了卻性命。」其中一人道。

羽仁男坐向安樂椅，將男子遞給他的藥粉和水吞下。

……。

什麼事也沒發生。

他絲毫不覺得世界會因此變得有意義。

穿梭在花叢間的平凡甲蟲，除了只會把牠的髒鼻子鑽進花粉裡外，一輩子什麼事也不做，像這種懶惰中蟲磨成的粉末，就算進入自己體內，這世界也不會因此變成花田。

眼前這名呆板的老處女，臉上的表情突然變得巨大、清晰。之前從沒感覺過，但現在女子眼睛底下的每一條皺紋、臉頰皮膚的每一顆粗大毛孔、每一根散亂的頭髮，突然像許多大鐘一同敲響般，不斷叫喊著：

「我愛你。」

「我愛你。」

「我愛你。」

那喧鬧嘈雜的程度，令羽仁男幾欲摀住耳朵。

「如果世界變得有意義，就算死也無悔」與「這世界沒有意義，就算死也無妨」這兩種心情會在什麼地方取得平衡呢？對羽仁男而言，反正最後終究只剩一死。

不久，他周遭逐漸變成流動的物體，開始旋繞，可以看見壁紙因蓄滿風而膨脹。像黃色小鳥般的物體，開始成群竄飛而出，令人眼花繚亂。

某處傳來音樂。蒼翠的森林彷如海藻般搖曳，模樣像紫藤的成串花朵從枝椏垂落，底下有無數匹野生的駿馬奔騰，那音樂帶給人這樣的幻想。雖然不知道爲何會產生此等幻想，但感覺得出，那就像是以蟑螂的鉛字拼湊而成的報紙，一個索然無趣的世界，正努力幻化成美妙之物。「不過，這樣不是顯得太刻意了嗎？」羽仁男心中如此批評。「沒有意義的東西還這麼賣力，未免太膚淺了吧！」

他內心並未迷醉，也未有恍惚。這世界突然改變了變化方式。他身體四周隆起無數巨大的尖針。那些尖針閃閃生輝，長得像仙人掌花的東西，不約而同的從針頭處綻放。紅、黃、白三色的仙人掌花。好俗氣的花，羽仁男心想。這時，尖針突然變成電視天線，大樓後方的藍色塑膠垃圾桶，像廣告氣球般，滿滿的飄浮其間。

「太平凡了。無趣極了。」羽仁男批判道。

「如何，可以死了嗎？」某處傳來這個聲音。

「嗯，可以。」

羽仁男甫一回答，頓感全身輕靈不少。之前明明覺得像被緊緊綁在椅子上，現在卻覺得手腳可以自由行動。然而，自己手腳的動作，卻像是完全聽某人的命令行事般，這樣反而令他有種全豁出去的快感。

「那麼，你就受死吧。從現在起，照我的吩咐去做。我會讓你死得輕鬆點。」

「好的，謝謝你。」

「聽好了，右手請往前伸。」

「像這樣嗎？」

「對。」

羽仁男的聲音是內心的聲音，應該連他自己也聽不到才對，但對方卻能正確的回答，正確的下達指示。

「喏，請碰觸桌上那堅硬的黑色東西。牢牢握住它。對、對。現在還不能碰扳機。輕輕將它移向自己的太陽穴。放輕鬆、放輕鬆，放鬆肩膀的力氣。聽好哦，把槍口緊緊抵向自己的太陽穴。如何，很冰涼對吧？很舒服吧？就像發高燒時用的冰枕般，頭腦覺得舒爽許多對吧。接下來慢慢將食指伸向扳機……」

17

……羽仁男此時將槍口抵向自己太陽穴，手指正準備扣下扳機。

就在這時。

有個東西飛撲而來，一把搶下手槍，接著身旁響起一聲槍響，狗的哀叫聲塞滿羽仁男的耳膜。

這記震撼，似乎中斷了藥效，他就此搖了搖頭站起身。剛才的事彷彿沒發生過似的，室內看得一清二楚。那名女子身體扭曲，倒臥在他腳下，鮮血從太陽穴汩汩流出。紅臉的胖洋人、像螳螂般的瘦洋人、帥氣的紳士亨利，全都一臉茫然的圍站在女子的屍體旁。

羽仁男按著昏沉沉的腦袋，從那三名男子中間探頭，仔細查看那名女子的屍體。女子右手緊握著那把手槍。

「發生什麼事了？」羽仁男向那名紅臉的洋人詢問。

「她死了。」男子這才茫然的用日語回答。

「爲什麼？」

「因爲她愛你，愛到無法自拔。只能這麼推測了。所以她才會替你去死。不過，就算她再怎麼不忍心看你死，只要從你手中搶下手槍就夠了，應該沒必要自殺吧？」

羽仁男專注的凝聚他那隨時都會變模糊的思緒，極力思考。她自殺的原因很單純。也就是說，她對羽仁男萌生愛意，卻沒把握羽仁男是否也會愛她，於是她選擇一死。當眞也只能這麼想了。

「這毋庸置疑，是自殺沒錯。」紅臉的洋人接著道。

「我們沒什麼好擔心的。」

羽仁男心中壓根沒想過要怎樣善後。

有人暗戀，其實是件麻煩事，而且是被這樣的醜女暗戀，她還因此自殺，遇上這種事，怎麼想都覺得荒唐。他對於自己兩度想要出售性命，最後卻都害人喪命的事感到震驚。

羽仁男望著那幾名洋人，對於他們會如何善後很感興趣。也許他們會就此殺了羽仁男。那三人交頭接耳討論了起來，那隻臘腸狗還是一樣對著屍體低吼。這隻過度被馴化的狗，似乎在看到鮮血後，喚起了凶暴的本性。鮮血狡猾的從屍體底下悄悄流向四周。那模樣就如同趁亂逃離一般。女子張大著嘴，看起來宛如在她口中漆黑的空洞裡，有一條通往世界盡頭的密道。她眼睛微張，不過有一隻眼睛覆蓋著稀疏的鬢髮。

「仔細想想，我這還是第一次像這樣仔細觀看屍體。連我爸媽的屍體，也沒這麼仔細瞧過。你們不覺得屍體就像掉地摔破的威士忌酒瓶嗎？瓶子摔破，裡頭的酒往外流，也是理所當然的事。」

窗外渾濁的海水搖晃。那三名洋人還一直在討論。不太聽得懂英語的羽仁男，也聽到他們談到班機號碼、航空公司之類和飛機有關的單字。

他們以手帕包住手，從女子的手提包裡取出十張萬圓鈔票，交到羽仁男手中後，其中一人說道：「這件事請你保密。這是封口費。要是你把這件事說出去，下場就是這樣。」

男子做出割斷喉嚨的動作，並發出頗有眞實感的一聲「卡嚓」。

羽仁男坐上那群洋人的車，請他們送他到濱松町車站。他沒和那三人交談，而那三人看起來似乎也都極力無視於羽仁男的存在。

羽仁男抬手與他們的車揮別後，像是和一起去野餐的普通朋友道別般，心中沒半點感動，就此轉身離去。

他買了一張國營電車的車票，步上階梯。

不可思議的感覺再度浮現腦中。

那單調無趣的水泥階梯，感覺彷彿會往上無限延伸。

羽仁男全神貫注的爬上階梯。不管他再怎麼爬，就是到不了月台。愈往上走，階梯數愈是增加。上頭確實傳來電車的鳴笛聲，感覺得到電車出發到站，許多人走下電車，但是那個場面和他此時努力爬的階梯始終無法串連在一起。

我是個已死之人，我明明認爲道德、感情，一切的事物都無法約束我；但另一方面，那喪命的女人愛我的沉重負荷，卻又在腦中揮之不去。別人對我來說，理應和蟑螂沒什麼兩樣才對啊！

正當他覺得階梯突然像白色瀑布般沖向他胸口時，不知何時，他人已站在月台上。電車駛來。羽仁男感到形疲神困，就此走進電車。車內明亮恍如置身天國，空空蕩蕩，眾多白色塑膠吊環一同搖晃。他抓住其中一個吊環。這時，他感覺白色的吊環反過來緊緊抓住他的手。

18

……他一直在等待事件的結果。

這次他是眞的累了，所以門口的牌子還是背面的「業已售罄」向外。疲勞讓他得以延命，說來還眞是個奇妙的現象。難道連和死這種觀念嬉鬧，也需要有精力才行嗎？

過了一天、兩天，報上始終都沒任何提到在那古怪的海底密室發現自殺女屍的報導。難道屍體就這樣留在那裡任憑腐爛嗎？

不久，羽仁男平時的感覺逐漸恢復。所謂平時的感覺，指的是他自殺未遂以後，一切都顯得很不合現實、無比虛幻的感覺。住在那個世界，感受不到任何悲喜，一切全包覆在朦朧的輪廓裡，「毫無意義」的感受，不分晝夜，像間接照明般，以柔和的光線照耀他的人生。

「那個女人根本不就存在。什麼海底密室，壓根兒就沒這種荒誕事。」他開始這麼想。

換個想法後，心情輕鬆許多，興起趁著過年期間到街上走走的念頭。好久沒和女人上床，有種奇怪的感覺。

走在新宿街頭，有家在特價拍賣的店家，他的目光不經意的投向一名走進店內的女子臀部。就算今天再怎麼暖和，沒穿外套還是會引人注意，她穿著一件略顯褪色的綠格子短裙，裙子底下的翹臀就像雷諾瓦⑤筆下的女人臀部般豐滿，在冬陽的照耀下，感覺裡頭充塞著實質的生命。如同盒子裡取出的全新牙膏，從緊繃的長條軟管光澤中感受到的新鮮感一般，彷彿保證能給人一個清爽的早晨。

羽仁男跟在女子的臀部後頭，不自主的走進那特價拍賣的店內。

女子站在清倉大拍賣的毛衣前。五顏六色的毛衣被揉成一團，在宛如沙坑般的箱子裡堆積如山。

羽仁男站在女子身旁，凝望她那專心挑選毛衣的臉龐。

女子噘起小嘴，大白天就掛著銀色的鳳梨形耳環，給人的感覺像是在三流酒吧裡討生活的女人。不過她的側臉相當好看，鼻梁的弧度完美。一見到女人鼻頭下垂的側臉，就興起厭世念頭的羽仁男，託這名女子漂亮鼻形之福，此時心情愉悅。

「要不要一起喝杯咖啡？」

羽仁男嫌麻煩，不使任何搭訕技巧，直接當面詢問。

女子連看也不看他一眼。以處之泰然的口吻應道：「先等一下。等我挑完之後再說。」

語畢，女子投入毛衣中，挑起其中一件，將那宛如黑蝙蝠般的毛衣衣袖敞開，沉思片刻。看她噘嘴的模樣，似乎不太中意。毛衣的前胸掛著金紅兩色的公司標籤，看起來分外顯眼，如同七夕的長條詩籤般來回搖曳。

「是很便宜，不過……」女子自言自語道。

接下來，她這才望向羽仁男，把毛衣抵向自己胸前問道：「怎樣？好看嗎？」

那慵懶的口吻，就像是向和她同居十多年的男友詢問意見似的，羽仁男嚇了一跳，望著那件宛如一隻死蝙蝠的毛衣，胸部一帶突然隆起，懶洋洋的緊貼在她胸前。

「還不錯。」羽仁男回應道。

---

⑤雷諾瓦：著名的法國畫家，也是印象派發展史上的領導人物之一。其畫風對於女性體型的描繪特別著名。

「那我就買這件了。等一下哦。」

女子走向收銀台。

如果她要我買下這件廉價毛衣，一定會讓人感覺到一股銅臭味，想到這裡，羽仁男見她正望著自己的錢包掏錢，對這樣的背影深感滿意。

在附近的咖啡廳坐定後，女子道：「我叫眞智子。你想和我上床對吧？」

「可以這麼說。」

「你這個人眞不討喜。回答得這麼不乾脆。」

女子展現十足的大人樣，從丹田發出笑聲。

一切進行順利。眞智子說她七點開始到店裡上班，所以羽仁男跟著她，前往相隔一兩條街，令人覺得很不自在的一棟公寓。

眞智子打了個哈欠後，自行解開短裙旁的扣子。

「我一點都不怕冷。」女子說。

「我猜也是。看妳連外套也不穿，便知道妳很火熱。」

「死相。眞愛裝模作樣。不過，我倒是不討厭愛裝模作樣的人。」女子道。

女子的身上帶有鄉下的乾草味，羽仁男甚至懷疑是不是自己的西裝沾有乾草。

19

在送女子到店裡上班前，兩人在小酒館裡吃了頓簡餐，接著他與女子道別，上電影院看黑道電影，看了一半便離開，回到公寓時應該已是八點多的事了。

正當他準備打開房門時，差點被絆倒。因爲昏暗的門下蹲了個人。

「咦，是誰？」

一名個頭矮小、瘦弱，身穿學生制服的少年，默不作聲的站起身。

少年有一張像老鼠般嬌小陰暗的面孔。

「你已經售完了嗎？」

冷不防經這麼一問，羽仁男一時間不懂這句話的含意。

「咦？」他反問一聲。

「我是問，你的性命已經售完嗎？」少年以尖細的聲音問道。

「就像牌子上寫的。」

「騙人。你明明就還好端端的活著。如果已經售完，那你應該已經死了。」

「那可不見得哦。先進來吧。」

羽仁男對少年有種莫名的好感，所以領他進屋。

點亮燈後，羽仁男朝暖爐點火，少年頻頻以鼻子嗅聞，環視四周，依舊站著說道：「真奇怪。看你並不像有經濟上的困難，爲什麼想出售性命呢？」

「別問這種無聊的問題。每個人的情況都不一樣。」

羽仁男請少年入座。

少年以誇張的態度，一屁股坐進椅子後說道：「啊、累死我了。我等了兩個小時。」

「既然已經售完，這也是沒辦法的事。」

「我看過牌子正面了。你應該是想休息的時候，就把牌子翻到背面對吧？這種小伎倆是瞞不過我的。」

「哦，挺機靈的嘛。話說回來，像你這樣的小夥子，有錢買我的命嗎？」

「我付你錢總行了吧。」

少年解開胸前的金鈕釦，從內側口袋取出一疊萬圓鈔票，那動作極爲自然，活像是取出月票般，直接擱在面前。看起來約莫有二十萬圓。

「這筆錢是怎麼回事？」

「這不是偷來的。我只是把家裡藤田嗣治⑥的素描拿去賣而已。雖然售價被砍了一大半，但這也是無可奈何的事。誰叫我急需錢用呢。」

這番說話口吻，馬上讓這位長得像老鼠一樣窮酸的少年，搖身一變成了富家子弟。

「眞教人驚訝。讓人對你刮目相看呢。那麼，你買我這條命做什麼？」

「我是個孝子。」

「了不起。」

「我爸老早就過世了，剩下我們母子相依爲命。而我媽又染病在身，眞的很可憐。」

「令堂是嗎？」

「是的。」

---

⑥藤田嗣治：出生在日本東京的畫家、雕刻家。時至今日，仍是在法國最為著名的日本藝術家。

「那你要我怎麼做？」

「簡單來說，我希望你安慰我媽。」

「要我安慰病人？」

「雖說是病人，但只要你安慰她，她馬上便能痊癒。」

「可是，這樣為什麼得要賣命？」

「我會一一告訴你原因。」少年伸出漂亮的紅舌頭，舔舐著下唇。「我爸死後，我可憐的媽媽在性方面欲求不滿。起初她好像還對我有所顧忌，但日子一久，她就再也無法忍耐了。」

「這是常有的事。」

羽仁男覺得有點無聊，隨口附和。

這名穿學生制服的小鬼，肯定是把人生想得過於誇張。他這個年紀，腦子裡裝的都是那些灑狗血的連續劇劇情，以為自己已通曉人生的祕密。儘管他們有看起來很老成的一面，但這個年紀的少年往往就像長過頭的筆頭菜一樣，味同嚼蠟。他會像這樣前來買我的命，應該是想要裝出大人樣的念頭使然吧。羽仁男心裡把少年給瞧扁了。

「所以過沒多久，我媽有了男人。但對方很快就跑掉了。於是她又找了一個，然後對方又跑了。前後已經快十二、三人。每個男人都臉色蒼白，飛也似的逃離她身邊。兩三個月前，我媽被她深男的男人拋棄，從那之後，她就因爲惡性貧血而臥病在床。你知道爲什麼嗎？」

羽仁男略顯顧忌的回答「不知道」。

少年目光炯炯，開始切入正題。

「你知道爲什麼嗎？因爲我媽是個特別的女人。她是吸血鬼。」

20

這名少年的母親是吸血鬼，這到底在演哪齣啊？

這世上有吸血鬼這玩意兒嗎？

然而，少年並未多做說明。

他的個性似乎很一板一眼，自己帶來印好的收據。

「請在這裡寫上二十三萬圓，然後加一條附註寫上『不過，此爲訂金，若無法滿足買主，需全額退還』，並在上頭簽名。」

少年嚴格的吩咐道。接過收據後，少年說：「我今天有點累，想睡一覺。明天晚上八點我來接你。你最好先吃過晚飯。到時候出門時，你得好好把身邊的事處理一下，因爲你大概是無法活著回來了。就算能保住一命，也得先在那裡住上十天，所以你要先有這樣的心理準備。」

待羽仁男獨自留在房內後，他才想起，少年在收據上簽的名字是井上薰。

看來，這次可能眞的會死。羽仁男心想，今晚得先好好睡上一覺了。

……

到了隔天晚上八點，門外準時傳來敲門聲，是薰前來迎接。和昨天一樣，穿著學生制服。

羽仁男一派輕鬆，正準備離開房間時，薰再次向他叮囑道：「你眞的不怕死？」

「不怕。」羽仁男簡單明瞭的應道。

「昨天那筆錢你怎麼處理？」

「收進抽屜裡了。」

「不存進銀行嗎？」

「何必存銀行。頂多我死後，在抽屜裡發現那筆錢，公寓管理員就此據爲己有，如此而已……日後你也會明白。不管我的命値二十幾萬圓，還是三十圓，都沒什麼差別。因爲只有在人活著的時候，錢才能影響這個世界。」

兩人離開公寓，緩步而行。

「攔輛計程車吧。」

少年如此說道，搶先攔了一輛計程車，模樣顯得欣喜雀躍。

「去荻窪。」聽完少年向司機告知目的地後，羽仁男向他問道：「看我快死了，你很高興對吧？」

司機那驚訝的雙眼，在車內後視鏡中爲之一亮。

「才沒有呢。不過，能讓我媽開心，我心裡很高興。」

羽仁男益發覺得這一切都是出自少年自己幻想的世界。不過，一開始的那兩起事件，最後都是以悲劇收場，所以這次就算是遇上無聊的喜劇也無妨。

計程車抵達昏暗住宅街一隅，一棟大門氣派的宅邸。少年在此地下車，本以爲這裡是少年的家，但少年卻率先邁步走去，先是左轉，走了兩、三百公尺遠後，來到一棟大門和剛才那座宅邸很相似的宅院前，把鑰匙插進門上的鑰匙孔裡，在黑暗中抬頭望向羽仁男，投以一笑。

屋裡看不到半盞燈火。少年逐一開鎖，領著羽仁男來到一間明亮的客廳。

浮現在燈光下這間略帶霉味的客廳，是個古色古香的好房間，有眞正的壁爐，爐架擺著一面模糊而且帶有裂痕的法王路易式鏡子，以及兩邊由天使支撐的金色古董時鐘。薰打了個噴嚏後，開始不發一語的點燃壁爐裡的木柴。

「除了你和令堂外，沒其他人了嗎？」

「當然。」

「那吃飯怎麼解決？」

「別問這麼俗氣的問題好不好。當然是我煮啊。還要餵病人吃飯。」

漂亮的柴火燃起，少年從角落的櫥櫃裡取來上好白蘭地，將白蘭地酒杯細長的杯腳夾在手指間，靈活的以壁爐的火焰溫杯後，遞向羽仁男。

「令堂呢？」

「還得再等三十分鐘。打開玄關的門後，我媽枕邊的鈴就會作響。然後她會慢慢起床，仔細的化妝更衣後才露面，所以最快也要三十分鐘。我媽對你的長相很滿意，心頭小鹿亂撞呢。應該是照片拍得太好了吧。」

「你從哪兒得到我的照片？」羽仁男驚訝的反問。

「昨天晚上，你沒發現嗎？」

少年從學生制服口袋裡微微露出那如同火柴盒般大小的照相機，表情平淡的笑著。

「眞服了你。」

羽仁男搖晃著手中的白蘭地，小口的喝著酒。酒香讓他對今晚的邂逅產生甜美的遐想。薫閒來無事，把玩制服的鈕釦，望著「悠哉享受餐後酒的大人」這種奇妙的生物。接著突然一躍而起。

「對了，我忘了。我在睡前還有功課要做，得先走一步。我媽就拜託你了。還有，我知道有家收費便宜的葬儀社，這件事你就不必擔心了。」

「喂，你再待一會兒嘛。」

羽仁男話才剛說完，少年已消失了蹤影。

獨處的羽仁男除了環視室內外，沒其他打發時間的方法。

自己總是像這樣等著事情發生，這不是很像「活著」嗎？之前在東京廣告上班時，在那布置得新潮摩登，顯得過於明亮的辦公室裡，人人都穿著最新款的西裝，每天從事不會弄髒手的工作，那才眞的是與死無異呢。而此時一個決心尋死的人，對於未來（就算是死也一樣）抱持期待，小口小口喝著白蘭地的模樣，不是極爲滑稽的矛盾嗎？

他百無聊賴的環視掛在牆上的獵狐彩色素描畫，以及一名臉色蒼白的女子肖像畫，驀然發現畫框邊角露出一疊舊紙，目光就此停住。那常是用來藏私房錢的地方，但應該沒人會把私房錢藏在客廳吧。等候愈久，他的好奇心愈強烈，最後羽仁男終於再也無法忍耐，站起身一把抽出那疊紙。

那疊紙滿是灰塵，確實已很久沒被人發現。是因爲打掃之類的緣故，而從畫框邊露出吧。絕不是故意要讓客人看見。

那疊紙是老舊的稿紙。翻閱時，塵埃散向四方，羽仁男的手指也像沾染了黑蛾的鱗粉般，變得烏黑。

紙上寫著：

〈獻給吸血鬼的詩〉K

甩亂頭髮
甩亂絕對的自我矛盾
棄置於春日河畔，布滿鐵銹的腳踏車
那愛慾的恍惚
還有鮮血
金光燦然的流動物體
在機械性的磨牙聲中
夜被納入一顆顆的膠囊裡
當作藥錠吞下
感性的雞引吭鳴啼
患有亞急性心內膜炎的巡警
朝怡東酒店玄關

酒店的咽喉處
拉出一條紅毯
規律
快感、絕對、革命性的規律
吸血鬼的黨派即將成立
……。

像這樣莫名其妙的詩句，以難看的字寫滿紙張。這好像稱作超現實主義，不過這種艱深難懂的嗜好早過時了。到底是誰寫的？看起來像是男人的筆跡，但實在寫得拙劣至極。羽仁男爲了打發無聊，一直看這首詩，看著看著打起了哈欠。

不知何時，房門開啓，房內站著一名清瘦的美女。

羽仁男爲之一驚，轉身而視。

發亮的藍色服裝繫著藏青色衣帶。確實是貌美如花，但看起來一臉病容，弱不禁風，年約三十。

「您在看什麼呢？哦，那個啊……您猜那是誰寫的詩句？」

「這……」羽仁男含糊的回答道。

「是我家小少爺。也就是薰。」

「哦，是薰小弟啊。」

「算不上是什麼多了不得的才能對吧？不過，完全捨棄又有點可惜，但我對這類型的詩實在沒什麼感覺，所以從很久以前，就都藏在那個地方。爲什麼會被您看到呢。」

「因爲它從畫框邊露出來……」

羽仁男急忙將那疊紙藏向畫框後方。

「我是薰的母親。這次薰受您多方關照了。不知有沒有給您添麻煩？」

「不，沒的事。」

「請往這兒坐。坐在爐火旁好嗎？我幫您再倒一杯白蘭地。」

羽仁男依言坐向那棉絮微微外露的椅子，悠哉的將雙臂橫擺在扶手上，扶手上裝飾的銅釘在火光下熠熠生輝。

羽仁男感覺自己就像來到家長教師會會長夫人跟前懇談的學校教師。

夫人也端來自己的白蘭地酒杯，坐向他對面的椅子，舉杯向他說道：「歡迎光臨寒舍。

請多指教。」

她戴在手指上的大鑽戒，在火焰的照耀下晶亮燦燃。女子坐在爐火旁的容貌，增添了一份立體感與火焰不穩定的搖曳，更顯美豔。

「會不會又是那個呢？我家薰該不會說了什麼奇怪的話吧？」

「嗯……是講了一些。」

「眞是的。這孩子是很聰明，但老愛胡思亂想。我在想，會不會是最近學校教育辦得不好的關係呢？」

「可能多少有關係吧。」

「學校老師到底都在教些什麼？我並不是以偏概全，說以前的教育比較好，但我希望在學校裡能多教孩子一點社會義務，或是如何不給人添麻煩的品格教養。如果像現在這樣，簡直就像付學費讓他們把孩子教育成像全學連⑦那樣的人一樣嘛。」

「妳說的是。」

「最近也眞是怪。因爲暖氣設備的緣故，到處都很乾燥，東京明明又不是多冷的地方，卻過著像北國般的生活。」

「是啊。那些高樓林立的市街正是如此。像我就很喜歡這種壁爐。」

「聽您這麼說，眞高興。」

夫人眉開眼笑，她那柔媚的笑眼，連眼角細微的魚尾紋也顯得美。

「我家盡可能採用自然的暖氣，夏天也都不開冷氣。像最近那些高樓大廈都開著乾燥的暖氣，聽說只要待上一晚，便會乾得教人喉嚨出血呢。眞是可怕！」

就快要步入正題了，羽仁男內心略感興奮，但夫人卻又回到原本極其平庸的話題。

「都市的環境衛生，雖然整天掛在嘴邊，但一方面就像文明過剩般，汽車廢氣汙染嚴重，另一方面，清潔隊卻又不來。」

「最近清潔隊確實很偷懶。」

「沒錯。您還眞了解家庭問題呢。現在的男人說來還眞是匪夷所思。單身漢很能理解家庭問題，而結過婚的男人反倒是裝聾作啞。您當然還是單身對吧？」

---

⑦全學連：全學連是一九四八年成立的「全日本學生自治會總連合」之簡稱。是第二次世界大戰戰敗後，學生們為進行教育復興運動而組成之組織。

「是的。」

「看您這麼年輕，想必正值『血氣方剛』的年紀。我可以直接稱呼您羽仁男先生嗎？」

「當然可以。」

「眞高興。羽仁男先生。……對了，您對草野露子這次離婚的事有何看法？這件事在週刊雜誌吵得沸沸揚揚呢。」

「電影女星都是那樣吧。」

羽仁男直言不諱的說道，讓人感覺到一絲「我對電影女星的八卦不感興趣」的排斥意謂，但夫人似乎完全誤解了他的意思。

「是嗎？可是草野露子之前明明過著那麼幸福的婚姻生活，爲什麼會突然離婚呢？週刊雜誌一如往常，寫說是她先生在外拈花惹草，但我認爲事情並非這麼單純。草野露子是京都人，在家中極盡小氣之能事。應該是她限制先生的零用金，使得先生逐漸受不了她的壓迫吧？當人妻子，就得對男人睜隻眼閉隻眼才行。羽仁男先生，您知道眞相嗎？」

「不，我什麼都不知道。」

在無聊和焦躁的夾擊下，羽仁男忍不住用不客氣的口吻應道，這時，夫人的手突然從上面輕輕包覆住羽仁男擺在扶手上的手，他這才發現，之前隔著爐火，感覺很遙遠的椅子，其實近在咫尺，只要伸手便可觸及。明明就在爐火旁，但夫人的手卻冷若寒冰。

「抱歉。淨說些無趣的話題……您很少看電影是嗎？」

「也不是沒看，只是我都看黑道電影。」

「這樣啊，最近年輕人最愛談論的話題就是車子了。週刊雜誌上常這麼提到……不過，開快車最可怕了。死於車禍是最沒有意義的死法。」

「說的一點都沒錯。」

「交通問題是東京都知事最應該全力解決的大問題。不過，我曾經在第一京濱國道上目睹一樁車禍，當時有人身受重傷，但救護車卻遲遲不來，大家都火冒三丈。那段時間，傷患血流不止。理應要早點送他去醫院輸血才對，但別人賣的血同樣也很可怕，不是有人輸血後染上肝炎嗎？」

「是有這麼回事。」

「您可曾捐過血？」

夫人的雙眼因壁爐的火焰而炯炯生輝。

21

「不，我沒捐過血。」

「哎呀，您眞是太輕忽自己對社會的義務了。世上明明有很多人因爲缺血而發愁呢。您如果也是個男子漢，就該抱持不惜犧牲生命，也要解救那些可憐人的決心才對啊。」

「所以我今晚才會來到這裡！我早已抱持捨命的決心！」

因過於焦躁，羽仁男最後終於忍不住大喊。

「是嗎，我明白了。」

夫人臉上泛著淺笑，靜靜凝睇羽仁男。這時，羽仁男感到不寒而慄。

沉默了半晌後……

「您會留下來過夜對吧？」夫人說。

深夜時分，屋裡一片闃靜。薰應該早已入睡。

夫人帶著他來到位於二樓深處的房間，那裡似乎不是病房，瀰漫屋內的不是臥病在床的夫人身上的氣味，而是寒氣與霉味。

「我去點燃暖爐。」

夫人前去將擺在房內三個方位上的煤油爐點燃，房內馬上充斥著一股煤油味，羽仁男在腦中暗忖，要是那三個不太穩定的火塔一起翻倒的話，不知會有什麼後果。

有三床疊得高高的棉被，爬上床時，身穿長襯衣的夫人一陣踉蹌，羽仁男連忙扶住她。

「我因爲嚴重貧血，最近常會暈眩。」夫人掩飾她的難爲情說道。

雖然寢具老舊，卻是上等的絲綢被，唯一比較令人在意的，是寢具似乎鮮少晾曬，理應很輕盈的棉被，卻因爲裡頭棉絮陰暗的溼氣，感覺格外沉重。

緩緩褪去夫人的長襯衣後，羽仁男見到她年輕的肌膚，很難想像她是那名少年的母親，對此頗感驚訝。本以爲她看起來只有三十歲左右，是因爲化妝技巧高明的緣故，但此時眼前的她，膚光勝雪，膚質緊密柔滑，而且入手冰涼，宛如瓷器一般。儘管看不出一絲皺紋和老態，但那並不是緊實、充滿活力的肌膚。那皮膚宛如散發香氣的白蠟，完全感受不出半點生氣。人體裡存在著某樣東西，會從體內中心往外透射，讓全身閃耀生輝，但她唯獨欠缺這重要的要素。如果說她的肌膚帶有光澤，那也是屍體的光澤。從她腋下微微浮凸的肋骨，也看得出她的消瘦，但她的乳房卻很豐滿，線條柔美，腹部如同是盛滿濃密乳汁的容器，顯得柔嫩白皙。

羽仁男感到一股不尋常的亢奮，將她緊擁入懷，夫人神情恍惚，任由他愛撫，如游蛇般扭動身軀，滑出羽仁男體外，不知何時，她已誘導羽仁男躺在她身軀下。

她的做法不帶半點支配意謂。以不可思議的熟練動作從男人身軀下逃脫，在毫不傷及男人自尊的情況下，猶如蛇在草莓的葉片上現蹤般，就此滑向男人身軀之上。

羽仁男沉浸在奇妙的陶醉中，微微感到一股酒味。有東西正在消毒。是手術刀嗎？他因這樣的直覺而閉上眼時，他的上臂感受到酒精灼熱的冰涼感。一股痛楚遊走。

「一開始先從手臂來。好結實的手臂啊。」

夫人低語道。緊接著，變成宛如傷口被擰扭般的痛楚，原來是夫人正以嘴唇吸吮。接著是一段漫長的靜止時間。夫人的咽喉正在呑嚥某個東西，發出含蓄的聲音。當羽仁男明白她呑嚥的是自己的鮮血時，不禁全身戰慄。

「眞可口，謝謝您。今晚就到此爲止吧。」

在檯燈的熔光下，她前來索吻的紅唇，沾有斑斑血漬。羽仁男發現夫人的雙頰，就像剛才在壁爐的火焰般看到的那樣，紅光滿面，充滿活力。那是生氣蓬勃的顏色。她的雙眼猶如走在街上的年輕女孩般正常，洋溢著健康活力。……

22

——之後羽仁男便一直在這座屋子裡住下。

每晚都讓夫人吸血，危險的部位逐漸受到傷害，靜脈被劃開，夫人吸血的量也與日俱增。

某天午後，他無意間撞見夫人的背影，發現她攤開一張血管圖，上頭繪有人體紅藍兩色的動脈和靜脈，正聚精會神的研究著。雖然羽仁男是在明白一切的情況下過這樣的生活，但是見夫人那神祕兮兮的背影，了解自己的身體也被當作其中一幅圖來研究後，還是不禁寒毛直豎。

不過，除了這件事之外，井上家的生活倒是與普通人沒什麼兩樣。

每當清早麻雀啾啾鳴叫，窗頭浮泛白光時，羽仁男便會在半夢半醒間發現夫人已起身下床，接著又再度進入夢鄉。

因爲夫人前去幫兒子準備早餐。

打從羽仁男在這裡過夜的那天起，夫人隔天一早便整個人煥然一新，精氣飽滿。她起床後神清氣爽，甚至口中還哼著歌，待送完兒子上學，重新回到床上，傳來她的腳步聲時，羽仁男這才起床，每天早上看到夫人，總覺得她一天比一天容光煥發，神采奕奕。

而比夫人看起來更幸福的人，其實是薰。

有一次薰與羽仁男兩人獨處時，對他說道：「我眞是買到了好東西呢。有生以來第一次買到這麼划算的東西。相較之下，我爹留下來的藤田嗣治畫作，就算賣了也不覺得可惜。

「因爲從隔天早上起，我媽就恢復了生氣，還會作飯給我吃，家裡一片開朗，託你的福，我得以好好向我媽盡孝，而我自己也覺得很幸福。

「這全都是拜你所賜。

「不過，我仍不時會感到不安。要是你就這樣死了，我和我媽會變成怎樣呢？好不容易才找到你這位讓我們母子倆都覺得很滿意的男人。

「雖然很希望你能長命百歲，但我媽心裡一定也和我是同樣的心思……話說回來，我媽愈來愈喜歡你了，再過不久，她一定會殺了你。

「在那之前，也就是在你死之前，請不要拋棄我媽。讓我們三人一起和樂的生活吧。坦白說，我一直很憧憬這種美滿的家庭氣氛。」

羽仁男聞言，深受感動，但他忍不住心想，吃完晚餐，親子三人一起坐在電視前共享天倫之樂，這才是眞正的理想家庭。

薰是一位很認眞念書的高中生，就連看電視的時候，也都會把英語參考書攤在餐桌上，趁廣告時匆忙多看幾眼，翻動頁面，另一方面，整個人煥然一新的夫人，對家事格外用心，每天晚上都不忘爲羽仁男準備由肝臟、肉、蛋烹煮而成的美味佳餚，營養滿分。而原本充滿霉味的屋子，如今也已擦拭得晶亮如鏡，夫人還一面看電視，一面以她纖纖蔥指編織，臉上不時掛著足以用神聖來形容的迷人微笑。至於羽仁男，以前他認爲是由蟑螂排列成文字的報紙，如今已能仔細閱讀上頭的國際新聞。

這對夫婦並非完全足不出戶。

不過外出時，兩人一定同行。

夫人會以一條極細的金鎖鏈，將羽仁男的右手腕和自己的左手腕綁在一起後才外出，返家回到玄關後才會解開。

那是一條極爲纖細的金鎖鏈，所以不會讓人發現，夫人輕輕一拉，羽仁男只會感覺到手腕那條緊縛的鎖鏈微微傳來一股抗力。

羽仁男逐漸懶得外出。

一來也是因爲待在家中，整個人變得懶散，沉浸在家庭和樂的氣氛中，感覺無比愉悅，二來，身體一天比一天慵懶，變得很不愛外出。

像在十字路口急著過馬路時，突然感到一陣天旋地轉時，從中明白自己已來日無多，他並未因此感到不安，而是對任何事都嫌煩。

儘管如此，還是始終感覺不到恐懼，也提不起想要活下去的欲望，說來還眞是不可思議。就這樣日復一日，昏昏欲睡、慵懶沒勁，彷彿會和逐漸到來的春天一起融入全新的季節中，就此消失。

某日，羽仁男和夫人一起前往他原本居住的公寓付房租。

公寓管理員一見他便說道：「你跑哪兒去啦？我擔心死了。竟然就這樣突然失去下落。……咦，你臉色很差呢。是生病嗎？」

「不是。」

「嚇了我一跳。剛才你進門時，那張臉看起來就像死人一樣。還有……」

看得出這名好色的管理員心思全放在緊依著羽仁男的夫人身上，頻頻想把他拉到一旁詢問此事，但因爲有金鎖鏈綁著，羽仁男無法搭理他。

「我想看一下房間。」

「請。因爲這仍算是你的房間。」

「另外，我想預先支付半年份的房租。」

兩人走進房內，羽仁男朝他上鎖的小抽屜裡翻找，發現那二十三萬日圓依舊原封不動。看來，這世上還有道德的存在。

夫人頻頻想替他付這筆房租費用，他加以拒絕，將往後半年份房租的十二萬圓交給管理員後，取了一份收據。

「你這個人還眞是中規中矩呢。」

「不，我只是想分他一些遺產。因爲我也沒其他親人。」

兩人如此悄聲低語。

確認過門外的牌子顯示「業已售罄」後，他將這些時日累積的郵件夾在腋下，和夫人一起返回家中。

這下子在家裡就有東西可以閱讀了，他覺得很開心。

不過，當他開始閱讀時，他感到雙眼刺痛，信件的紙張形成白色閃光的漩渦。

最近每次對著鏡子刮鬍子，一看到自己的臉色，便不忍卒睹，但直到今天他才知道，他的貧血已嚴重到無法閱讀的程度了。

「怎麼了？」

「我覺得頭昏眼花，沒辦法看字。」

「眞可憐。」夫人以充滿活力的聲音說道。「那我唸給你聽吧。」

「不，不用了。」

那原本就不是什麼重要的信件。

有一封是以前的同學寄來的信。

當中也有不認識的人寄來的信。

「雖然不清楚你是什麼樣的人，不過，看到你刊登『性命出售』的廣告，不禁覺得這是在開玩笑，無法就此坐視不管，所以才提筆寫了這封信。

「古人說，身體髮膚受之父母，不敢毀傷，難道你不知道嗎？我看你是不知道。會刊登這種廣告的人，肯定是個沒教養的人。

「你如此作賤自己性命，到底圖的是什麼？在戰前，我等皆是光榮的日本臣民，有著『大御寶⑧』之美名，是理應爲國奉獻的性命，儘管如今是標榜經濟主義的世道，但你也不該拿性命換取低俗的金錢。

雖然我對眼下這金權萬能的世道深感憤慨，但正因爲有你這種人渣，也難怪金權主義會如此猖獗。那當眞是令人唾棄的廣告，道德淪喪莫此之甚……」

這封信後面還有七、八頁，羽仁男在腦中想像一名滿臉紅光、咄咄逼人，但多的是時間無處打發的失業中年男子，他費了好大一番工夫才把那厚厚一疊信紙撕毀。感覺得到自己現在手指連撕信的力氣都不剩了。

另外一封信署名是女子，錯字連篇。

「你可眞酷。眞是酷斃了。你說要性命出隻（售的錯字），講得這麼露骨，眞的不答

---

⑧大御寶：天皇子民的意思。

（打？）緊嗎？我也要性命出隻（售），乾脆我們兩人交喚（交換？）性命，一起上床吧。等到隔天一早，我們兩人就會找到新的姓命（生命？）。在這火紅玫瑰盛開的季節裡，我們一定會找到讓人很想吹口哨高歌的幸福人性（人生？）。要不要和我結婚？」

全部看完後，羽仁男感到厭煩，直接請夫人代爲撕碎。夫人那柔細的手指爲之泛紅，三兩下便將厚厚一疊信紙撕毀。

那天晚上在臥室裡，夫人以異於平時的認眞口吻向羽仁男低語道：「明天晚上，我會讓薰去親戚家過夜。」

「爲什麼？」

「因爲我想和你好好獨處享受一下。」

「可是，我們不是都夜夜春宵嗎？」

「明天晚上不一樣。」

夫人微笑時，溫熱的氣息從鼻尖略過，但羽仁男卻微微聞到一股血腥味。

「明天晚上，我不想把薰捲進來。」

「可是，他會乖乖去別人家過夜嗎？」

「他會的。因爲那孩子最善解人意了。」

「然後呢？」

夫人沉默片刻。在檯燈的亮光下，她那最近似乎更顯亮澤的秀髮，正如波浪般起伏。

「雖然對你有點過意不去，不過，我對你靜脈的血已經膩了。因爲那味道太過溫順，嘗不出新鮮感。明天晚上，我想嘗嘗動脈的血。」

「也就是說……我的死期到了？」

「是的。我一直在想，該選哪一處動脈才好，不過，還是選頸動脈好了。打從見到你的那一刻起，我就很喜歡你粗壯的後頸，我見到你，就好想一口朝你的後頸咬下，但我一直在忍耐。」

「我任憑處置。」

「眞開心。天下怎麼會有你這麼可愛的人呢。你是我人生中第一次遇見的眞男人。然後……」

「咦？」

「等我喝夠你動脈的血，我打算把身旁的煤油爐全推倒，把這屋子燒個精光。」

「那妳呢？」

「當然是一起燒死嘍，傻瓜。」

羽仁男感覺自己的人生中，第一次邂逅了他人的真心，就此闔上眼。他的眼皮不斷抽動，充滿病態。

——「明天晚上」終於到來。

23

「趁這在世的最後時刻，我們兩人一起去散步吧。」夫人道。

兩人命終之日已到來。在這冬日和煦，景致美好的向晚時分，薰已在放學回家的路上被遣往親戚家。

「這附近有一間小公園。是武藏野的遺跡，那裡滿地山毛櫸的枯枝，美不勝收。我想去那裡看看。」

「就這樣待在家裡也很好啊。」

「可是，我想和你一起散步，留下對這人世的回憶。就像一對少年少女一樣。」

「那三十分鐘就要回來哦。」

其實羽仁男早已認定出門是件麻煩事。憑他現在的體力，得扶著柱子才勉強能站立，而且光站就會頭暈目眩，弱不禁風，怎麼可能悠哉的散步。他只感到渾身慵懶，寧可直接就這樣在昏昏沉沉的狀態下被劃開動脈。

「而且我臉色這麼蒼白，不想這樣見人。」

「哎呀，爲什麼？其實你現在的氣色好看極了，這樣正理想呢。難道你們男人不懂就是要這麼蒼白才好看嗎？這樣很浪漫呢，其實蕭邦可能也是這樣的人。」

「夠了，我又不是得肺癆。」

就在兩人你一言我一語聊著的當口，夫人已換上皮質的外出散步服，拿著金鎖鏈走來，羽仁男也穿上帥氣的杏黃色毛衣，好讓自己的氣色好看些，然後就像讓主人牽出門散步的狗一樣，手腕套上金鎖鏈，就此出門。

來到屋外，果然心情舒暢不少。他深吸一口清新的空氣，感覺全身彷彿因爲吸入肺中的空氣重量而搖晃，但想到這就是人生最後目睹的夕陽景致，感覺倒也不壞。

「我是否曾經眞的愛過生活呢？」羽仁男暗忖。

關於這點，他完全沒半點自信。他隱隱覺得自己現在似乎正興起愛意，但這也許是因爲體力衰退、頭腦不清的緣故。

夕陽晚照的美深深滲進他心中，心臟正噗通噗通直跳，感覺隨時都可能會停住，兩鬢血管跳得好急。不久，他們從市街櫛比鱗次的宅邸屋頂，看到一群宛如敞開美麗蕾絲的巨大山毛櫸。

「就是那個。那就是有名的山毛櫸樹林。」夫人說。

羽仁男就快要在今晚結束生命了。當中不帶半點自己的意思，這點令他大呼痛快。自殺很麻煩，而且太過戲劇性，不合他的胃口。況且，要死在別人手中，得要有某個理由才行。他不記得誰對他有這樣的怨念和憎恨，也不喜歡那麼受人關注，到非得讓人殺了他不可的地步。出售性命，是不必負責的好方法。

那美麗的山毛櫸樹梢，就像朝晚霞投出的網子般，精妙絕倫的一把纏住天空的淡藍，這是爲什麼呢？自然爲何可以美得這麼無用，人類爲何可以煩擾得這般無用。

然而，這一切就快要結束了。我的人生已邁向終點，一想到這裡，心裡頓時像薄荷般清涼舒暢。

兩人行經公園入口處的香菸攤。店門口有個紅色郵筒。有一名老太婆在顧店。

到此爲止羽仁男還記得。

但接下來，他後腦升起一道白色的龍捲風，頓感一陣天旋地轉，就此不支倒下，彷彿有人扶住他的手，但他已不省人事。

24

……當他回過神來，人已躺在醫院病床上。

當時已經入夜，一名身材略胖的護士，正在遮光的電燈底下翻閱雜誌。

「我到底怎麼了？」

羽仁男如此詢問。他感到嚴重耳鳴，傳來護士的聲音。

「你醒啦。請好好靜養，已經不用擔心了。」

「到底是怎麼回事？我只知道我在香菸攤前昏倒……」

「你有嚴重的腦貧血。你昏倒對吧？一定是那個香菸攤的人替你叫救護車。因為你是救護車送來的，說你是急症患者。」

「又是救護車？」羽仁男頗感沮喪。「然後呢……」

「然後？」

「我診斷的結果怎樣？」

「你是惡性貧血，醫生抽你的血檢查後，嚇了一大跳。因為你的血又黃又稀。像你病情這麼嚴重，竟然還能在外行走，醫生大為驚訝。你這樣正好和不知限度的賣血人那種最危險的全身症狀一模一樣，不過從你的裝扮來看，又不像是賣血人。最重要的是，你還有個如花似玉的太太跟在身邊。」

「啊，那名女子人在哪裡？」

「那名女子？她不是你太太嗎？」

「她在哪裡？」

「她已經回去了。她聽醫生說，你只要在醫院住上一個月，服用造血劑，多補充營養，就能康復後，便大為放心。說家裡還有事便先離開，那已經是大約三個小時前的事了。」

「在那之前，我一直都昏迷不醒嗎？」

「真是這樣就嚴重了。是醫生對你做造血劑和營養劑的注射時，在裡頭摻了安眠藥。總之，你現在的第一要務就是靜養。一定要保持安靜。不能亂動或是讓情緒激動。」

「可是，她……」

「真是位體貼、漂亮的好太太啊。她和你不一樣，看起來很健康，難不成你的精力全被她給吸光啦？」

「……」

「就連住院費，她也先用銀行支票預付了一個月的份，對我也很用心，還包了一個大紅包給我，所以怎麼看也不覺得你是個賣血人。」

羽仁男闔上眼，沉默了半晌，接著突然想到某件事，彈跳而起。

「糟了。」

「你怎麼了？你要保持安靜啊。」

「糟了。總之，妳快點幫我打電話。」

羽仁男報出井上家的電話號碼後，護士一面頻頻叮囑他不能亂動，一面撥打枕邊的電話。羽仁男忐忑不安的在一旁等候。心跳得好急。

「沒人接聽。」

「有撥通嗎？」

「是有撥通，可是沒人接。」

護士擱下話筒後過沒多久，窗外響起消防車的警笛聲。

「哎呀，有火災呢。最近天氣異常乾燥，眞是危險。」

羽仁男靜靜聆聽那逐漸靠近的警笛聲，其他地方也傳來警笛聲，兩個聲音交互重疊。

「這裡是哪裡？」羽仁男突然問道。

「咦？」

「我是問妳，這家醫院位在什麼地方？」

「荻窪啊。我們號稱是在荻窪一帶位於最高處，視野最佳的醫院，頗獲好評。就算長期住院，也因爲風景怡人，一樣能樂在其中哦。就像飯店一樣，而且你又住這種特別病房。」

「從這裡看得到某某町嗎？」

「應該看得到。就位在公園對面。」

「沒錯。請從窗戶往外望，看火災是否從某某町傳出。」警笛聲相互交錯，益發響亮。護士先叮囑他一聲「不能亂動啦」，接著走向窗邊，微微打開窗戶望去。

「哎呀，看得到火光。真的是某某町失火了。」護士大叫道。

羽仁男從她白色制服與窗戶的縫隙處，看到紅光映照在制服上的火紅天空，羽仁男忍不住想從床上站起身，但突然一陣暈眩，就此失去意識。

25

——不管他再怎麼問，始終沒人願意告訴他火災的事。

一位明顯一看就知道是刑警的便衣來訪，在醫生的陪同下向他做些簡單的偵訊，所以真相已紙包不住火。

「你是井上太太的什麼人？」刑警朝病床呼出難聞的口氣，如此詢問道。

「我們只是普通朋友。」

「你和他一起散步時，突然昏倒，被送往這裡對吧？」

「是的，可是，爲什麼問這些事呢……」

醫生在一旁使眼色，可惜慢了一步 刑警以極爲客觀的口吻說道：「井上太太在昨晚那場火警中命喪火窟，不過聽說她交往複雜，而且又是獨自引發火災而死，令人質疑。她的獨生子目前由親戚收留，他抱著母親的屍體放聲大哭的模樣，令人同情。聽說那孩在校成績相當優異。……不管怎樣，你有完美的不在場證明，所以沒有問題。只要簡單回答幾個問題就行了。」

羽仁男聽聞此事後，頓時淚如泉湧，連他自己也感到驚訝。從來不曾因別人的死而感到悲傷的他，竟然也會流淚！

「總之，我曾經愛過她。」羽仁男激動的說道。

「沒有遺產贈與之類的問題吧？」

「請不要問這些低俗的問題。」

醫生在刑警耳邊悄聲說了些話，刑警便很制式化的留下一句「那麼，請多保重」，就此離去。

上了年紀的醫生低頭望著躺在床上的羽仁男，語氣平靜的說道：「你或許遭遇了許多事，但你現在的第一要務就是保持心情平靜，好好靜養。住院費之前已先預付，甚至還超出應付的金額，所以我認爲，那位太太的遺願是希望你能好好療養，早日恢復原有的健康。你還年輕，不要因爲這種不幸的事件而意志消沉，要好好振作。有時心情的好壞，也會影響到藥效。你恢復健康之姿，朝氣蓬勃的走向全新人生，是對她最好的供養。來，我幫你打一針鎮靜劑吧。」

這名老先生骨瘦如柴，活像一頭老鹿，不太像醫生，反倒有點像牧師，羽仁男對他存有好感，但他想起之前好像也曾在哪裡聽過類似這種近乎常識的勉勵話語。

對了。是在他服毒自殺後，於離開急救醫院時，有人對他說過類似的話，雖然內容不同，但幾乎是同樣的話語。一味的鼓舞人，要人光明的走向人生，面對生命。卻一概不管別人遭遇的是何種情況！

26

——不過，儘管羽仁男滿腹心思，但他年輕的身體還是日漸康復。根本不需要住上一個月那麼久。醫生說，應該兩週就能出院。

某天，薰突然跑來探望他，羽仁男本以爲少年會痛罵他一頓，一直不敢直視少年。但少年卻顯得很開朗。在護士面前毫不避諱，很露骨的說道：「羽仁男先生，我眞的很感謝你，今天前來，很希望你能明白我的感謝之情。

「雖然警方一直很囉嗦的調查此事，想查明究竟是自殺、縱火，還是自然起火，但不管怎樣，我媽人都死了，他們也沒什麼好說的。

「如今細想，我媽註定是個命不長久的人。所以有我們三人一起同住的那段幸福回憶可以珍藏心中，這樣就足夠了。至少你還活著，日後我們還能不時聊聊那段回憶。總之，託你的福，我媽第一次在她人生中嘗到幸福的滋味，就此含笑而終。眞的很謝謝你。」

少年以老成的口吻如此訴說時，豆大的淚珠從他的大眼裡滾落，滴向他學生制服的膝蓋上。

「日後也歡迎你不時來玩。有事都可以找我商量。」

「好的，謝謝你。」

「另外，有件事想拜託你，剛好我把公寓鑰匙帶在身上。我一直都把鑰匙圈放在長褲口袋裡，所以才沒隨著那場火燒掉。不好意思，我把鑰匙交給你，可以麻煩你去幫我看看公寓現在的情況嗎？」

「拜託，你又要開始做生意啦？」少年向後退卻。「別再這麼做了，你還沒學到教訓嗎？」

「你別管那麼多，去幫我看看嘛。郵件應該都會從門底塞進房裡，你只要幫我取來就行了。」

——少年接受他的請託，就此離去後，護士毫不顧慮的問道：「你到底在做什麼生意？」

「這和妳沒關係吧？」

「人家好奇嘛。」

「我是小白臉。這樣妳懂了吧？」

「是嗎？對我來說，太貴了，買不起。」

「對年輕女士可以免費服務哦。」

「哎呀……」

護士撩起她白色的裙擺，露出她的白色長襪以及長襪上方的白色吊帶，還有上面那宛如鄉間泥土般的黃色大腿。

「哦，妳說這家醫院景致好，指的就是這個嗎？」

「也許吧。你已經恢復精力啦？」

羽仁男將護士抱上床，以此代替回答。

——薰怎麼去這麼久沒回來。

正暗自擔心時，薰終於在晚餐後返回，將郵件拋向床上說道：「太可怕了。」

「怎麼啦？今天那名護士已經回去了，沒人會來，你用不著擔心。說來聽吧。」

少年喘息不止。

「我打開門，正在翻找時，突然兩名男子走了進來。」

「是日本人嗎？」

「是啊。爲什麼這樣問？」

「因爲我總覺得是外國人。然後怎樣？」

「他們從後面架住我，問我『刊登廣告的人是你嗎？』我差點呼吸就這麼停了。接著另一個人說『不，不可能是這樣的小孩』。一開始那名男子說『接連監視了這麼多天，本以爲終於逮到了，沒想到竟然是個小鬼』，另一個人則是以很嚇人的聲音回答道，『不，一定是他派來的。逼這小鬼說出那個男人在什麼地方』。我騙說我會告訴他們，接著一把抓了郵件便往外跑……」

少年說到一半突然停了下來，驚恐的張大嘴巴。因爲病房的房門沒人敲門，自己緩緩開啓。

27

「你們是什麼人？」

房門打開，衝進兩名男子，羽仁男冷靜的對他們喚道。

說他「冷靜」，聽起來似乎很了不起，不過他其實覺得，要是這兩人毫不講理就殺了他，那也無妨。他心中隱隱帶著一股哀傷，想追隨那美豔的吸血鬼到另一個世界去，他感覺得出，之前自己對死亡的那種輕薄、客觀實際的想法，如今已變得有點渾濁。不過一切都不重要。一個將死之人的動機爲何，根本無關緊要。

那兩名男子，其中一人背抵著門監看室內，另一人則是緊盯著躺在病床上的羽仁男。少年薰整個人緊貼向病床後方的牆壁，全身戰慄，現場模樣宛如羽仁男挺身保護少年一般。

兩名男子皆三十歲左右，一身樸素的打扮，看起來不像黑道。從他們犀利的眼神、方正的臉形來看，研判不是軍人，就是警察。因爲他們的動作雖然很俐落，但身上的西裝卻顯得土裡土氣。羽仁男很想指點其中一名男子，灰色西裝不該搭配那條很不顯眼的鼠灰色領帶。

「喂。」

當中較爲年長的男子，頭也不回的朝站在門前的另一名男子喚道。

當那名男子走來時，羽仁男望見一開始發號施令的男子，手中握著一把黑色手槍，槍口正對準他。

「別動。也別出聲。……喂，小弟，你也一樣，要是你亂叫，或是想逃跑，我會馬上賞你子彈吃哦。」

到目前爲止，還算是常見的手段，但接下來，那名走近的男子突然一把握住羽仁男的左手，身子半坐在病床上，開始很仔細的量起他的脈搏，這令羽仁男大吃一驚。

三十秒的沉默過去。

「多少？」

「三十秒跳了三十八下，所以是一分鐘七十六下。」

「跳得眞慢。很正常嘛。」

「一般的脈搏數也許更低。有人一分鐘只跳五十下。」

「好。」

語畢，發號施令的男子將手槍冰冷的槍口抵向羽仁男睡衣的心臟部位。

「接下來，等三分鐘後就開槍。在那之前，你要是敢亂動或是發出聲音，我馬上就開槍。只要你乖乖聽話，就還能多活三分鐘。」

薰開始悄聲哭泣，男子壓低聲音喝斥道：「吵死了！」

薰只好蹲向地板，暗自哭泣。

發號施令的男子使了個眼色，另一名男子又開始量脈搏。現場又是一陣沉默，宛如漆黑的河水流經一般。

「這次是多少？」

「奇怪。變得更慢了。只有六十八。」

「怎麼會有這種事。你再量一次。」

「是。」

羽仁男感覺對方像在量心電圖似的，益發感到平靜，由於這當中存在著一股難以言喻的滑稽，所以他也提不起勁反抗。

「如何？」

「還是六十八。」

「好，眞是好膽識。太教我訝異了。像他這樣的男人，我還是第一次見到。我們這般苦心尋找，果然沒有白費。」

發號施令的男子說完後，將手槍收進西裝的內側口袋，接著態度驟變，以很和氣的口吻道：「來，請放輕鬆吧。你通過測驗了。哎呀，眞是太教我驚訝了。你膽子可眞夠大。測驗成績相當出色。」

男子後退一步，拉來一張椅子，狀甚熟稔的坐向病床旁。面對這令人意外的變化，薰停止哭泣，從床下站起身。

「你們到底是什麼人？」

羽仁男發現自己睡衣的第三顆鈕釦沒扣好，將它扣好時，指尖碰到一個突刺之物。拉出來一看，原來是一根發出青黑色亮光的髮夾。肯定是剛才那名護士所遺落。

「哦，豔福不淺哦。」

發號施令的男子嘴角輕揚，點燃了菸。

「我問你們到底是什麼人。」

「我們是你店裡的顧客。」

「咦？」

「對顧客不該用這麼沒禮貌的口吻吧。我們可是前往Life for sale公司購買性命的顧客啊。店裡有顧客上門，有什麼好大驚小怪的。」

28

「你們要買東西，難道就不能用和平一點的方式嗎？」

羽仁男也頗爲驚訝，想要點菸。那名發號施令的男子遞出手槍，扣引板機，頓時在他鼻端前冒出打火機的火來。

「原來是要這種手法。」

「因爲測驗會用到各種手段。」

男子笑咪咪的回答道，神情看來極爲和善。

「小弟，這樣你也明白了吧。剛才在公寓裡對你粗手粗腳的，不好意思啊。因爲我們急著要找到這位羽仁男老弟，煞費不少苦心。我們只是普通顧客，也明白羽仁男老弟是個將性命看得輕如鴻毛的人……」

「鴻毛是什麼？」薰悄聲問道。

「鴻毛就是鴻毛啊。你連這個都不知道啊？最近的高中生還眞是的。所以我才說，現今的日本教育實在不行。……對了，你可以回去了，關於羽仁男老弟的安全，你不必擔心，我們不會做出任何違法行爲。建議你回去後別告訴警察這件事。你要是亂來，搞不好這把打火機手槍，會發揮眞槍的功能哦。你要是肚子被開了個洞，這樣子去上學也不會開心吧？」

「要是你替我開了個洞，我就在那裡裝上鏡片，供人觀賞，一次收費十圓，這樣也是個不錯的打工方式呢。」

「少胡扯了，快回家吧。」

「再見了。」

薰悄聲說道，一臉擔憂的望著羽仁男，正準備離去時，羽仁男對他說：「不用替我擔心。你當初到我店裡來時，不是很強勢嗎？近日我會和你聯絡，你就放心回家吧。」

「嗯。」

薰的身影消失在門後。

「哦，那小鬼也是你的顧客啊？」

「不，買我性命的人，是他母親。」

「哦。」

發號施令的男子一臉感佩，另一名男子這才鬆了口氣，不發一語的坐向別的椅子。

「不過，既然接下來要聽兩位談重大的事，就不能讓那孩子聽，我們不妨邊喝酒邊談吧。我是一位狀況很好的患者，醫生甚至還建議我喝酒呢。」

羽仁男從病床底下取出一瓶蘇格蘭威士忌酒，以床單大致將布滿塵埃的酒杯擦拭過後，遞給那兩名客人。兩人似乎覺得有點可怕，靜靜聽著威士忌倒入酒杯裡的咕嚕咕嚕聲。

三人一同舉杯，靜靜的飲酒。

「那就來談生意吧，成功報酬是兩百萬圓。如果沒能成功，則只能拿到二十萬圓的訂金，你覺得如何？」

「你說的成功報酬，是指我丟了性命，換言之，你們出的費用就是那二十萬圓對吧？」

「請別那麼快下定論。這件事若能順利進行，你有可能保住一命，同時領到兩百萬圓。」

「願聞其詳。」

羽仁男在床上盤腿而坐，小口啜飲著酒，擺出要仔細聆聽的姿勢。

29

「該從何說起好呢。」

發號施令的男子眼角泛起笑紋，神情清楚呈現出他的和善爲人以及過去吃過的苦，開始娓娓道來。

「我們的名字和職業都不能明說。身爲你性命的買主，我想，這也是理所當然的事。請聽我說明原委吧。

「我們是貨眞價實的日本人，此事牽涉了日本以外兩個國家的大使館。

「就稱其中一國爲A，另一國爲B吧。A國的大使夫人是眾人公認的美女，某天晚上，她召開宴席，邀請各國大使到他們的大使館作客。

「就大使館來說，這是很常有的公事，比我們請客人到家中打麻將還要普遍。當天晚上，大使夫人穿著一件曳地的翡翠綠晚禮服接待賓客。由於有皇室人員會出席，算是一場晚禮服宴會，所以才特地如此盛裝打扮。

「至於我們與大使館之間有什麼關係，請恕我隱而不表。

「且說，如果在翡翠綠的顏色下，加上同色刺繡的晚禮服，任誰也會猜她戴的是翡翠綠飾品。A國大使夫人戴著一條出色的項鍊。上頭有三十五顆翡翠，每顆中間鑲著小鑽石，價格不菲。但就在晚宴開舞，大廳光線變暗，眾賓客狂舞，晚宴即將結束時，這才發現夫人胸前那條項鍊竟然不翼而飛。

「夫人對此事默不作聲，其他賓客也沒發現，至於發現的賓客，則以爲是夫人中途取下。

「舞會開到一半，有半數的賓客先行離去，所以到了晚宴結束時，大廳顯得相當空蕩。

「夫人雖然臉色略顯蒼白，仍是堅強的以笑臉送走每位賓客，待最後一位賓客離開後，她才倒在大使懷中嚶嚶啜泣。

「『不好了。不好了。我的翡翠項鍊被偷了。』

「那項鍊價值數千萬圓，就算失竊，也算是一件天大的事，但因爲是在宴客時突然遺失，所以絕不能讓眾人受辱。

「『咦？』

「大使只應了這麼一句，同樣也面如白蠟，半晌說不出話來。

「大使絕不是個小氣的人。

「他在國內坐擁龐大資產，甚至有人說他是爲了好玩，才買下大使這個職位。沒道理爲了區區一條項鍊而亂了陣腳。

「然而，大使有個沒向夫人明說的重大問題。

「此事得先從翡翠這種寶石開始說明起。

「大部分的寶石都得清澈透明才會有好價錢，唯獨翡翠例外。天然的翡翠一定會有裂痕。

「此裂痕就如同是俯望綠海般，是欣賞寶石的樂趣之一，而裂痕的模樣也有其美術價值。說到翡翠，它與鑽石不同，可說是肉體的寶石。因爲這宛如煙霧般的細微裂痕，不僅是這顆綠寶石的生命，同時也賦予寶石某種充滿活性的神祕。

「大使送夫人這條項鍊當禮物時，特地在當中摻了一顆人工翡翠。

「這是一顆作工巧妙的人造寶石，與其他三十四顆擺在一起，幾乎無從分辨眞僞，不論是裂痕的模樣、色澤，全都幾可亂眞。

「然而，這顆人造寶石的細微裂痕，正是A國直接寄送給大使的最高機密電報的密碼解讀鑰匙。

「它上頭像煙霧般迷濛細微的裂痕，透過燈光映照出電文後，就能解讀密碼。

「由於得知A國的電文已在某處遭人竊取，大使幾經思量後，決定將這解密之鑰刻進翡翠中，代替夫人保管那條項鍊，等到晚宴要使用時，再從金庫取出。

「夫人當然不知道當中這層祕密。

「見大使面如白蠟，夫人向他問道：『到底會是誰，趁我不注意時，公然偷走項鍊？今天的賓客，只有各國大使，以及日本最有水準的紳士淑女啊。』

「『妳覺得是什麼時候被偷的？』大使顫聲詢問。

「『這個嘛，應該只有跳舞的時候才有可能。』

「『妳和誰跳過舞？有幾個人？』

「『應該有五、六人吧。』

「『試著回想看看。有哪些人。』

「『一開始是親王。』

「『他應該不會有問題，接下來呢？』

「『接下來是日本的外務大臣。』

「『他應該也不可能。然後呢？』

「『B國的大使。』

「『啊，也許是他。』

「A國大使緊咬嘴唇。

「A國與B國一直都在東京展開激烈的間諜戰，也難怪大使會懷疑對方。

「趁著酒酣耳熱，場內昏暗，笙歌鼎沸之際，混在人群中偷偷從夫人雪白的粉頸上取下項鍊，這等勾當有可能是B國大使所爲，因爲那傢伙雖然身材高大肥胖，手指倒是相當柔軟靈活。

「當天晚上，大使夫妻爲了該不該報警，苦思良久，但到了隔天一早，家中傭人端著銀盤來到一夜沒睡好的夫妻倆面前，盤裡擺著一個牛皮紙信封。

「『今天一早，信箱裡放著這個東西。』

「打開一看，正是那失竊的翡翠項鍊。

「夫人自然是欣喜若狂。

「『哎呀，原來是惡作劇。眞是折騰人。不管是誰，做這種惡作劇，眞是丟盡外交官的顏面。』

「『確定是妳的項鍊沒錯吧？』

「『是的，沒錯。』

「夫人朝晨光抬起將那串帶有三十五顆翡翠的美麗項鍊，搖晃了幾下。

「大使拿起項鍊，找尋他要看的那顆翡翠。接著旋即發現，只有那顆人工翡翠被掉包成天然的翡翠了。」

30

「當時只要大使向夫人坦言翡翠的祕密，或許心裡會舒坦些。」發號施令的男子接著道。

「但大使就這一點來說，特別謹慎保守，仍有著傳統的紳士作風，雖說大使這項工作，必須夫妻倆合力投入公務方可勝任，但大使的個性，卻是選擇將最高機密獨自往心裡藏。

「大使馬上發電報回國，說明密碼的解讀之鑰已被人竊取，希望今後的密碼電文要全部更新密碼。

「這麼一來，日後的事就能解決了。

「然而，之前的電文要是被竊取，進一步解讀，公諸於世的話，將會構成嚴重的國際問題。既然對方知悉翡翠的祕密，並加以竊取，這樣的結果不難想見。

「大使心想，要是解讀的資料明天就公諸於世，一切就全毀了。不過若是晚一天，就有一線生機。晚兩天，便會有更多生機。因爲這表示對方擔心公開後會遭到報復，要不就是有什麼無法公開的理由。

「儘管如此，要將對方盜走的資料全部取回，幾乎是不可能的。因爲對方肯定馬上影印了數份，寄回他們國內，因此，就算取回其中一份也無濟於事。

「大使不知所措。

「每天感覺如履薄冰，只能靜靜等候對方出招。

「不過，他手上還有一張牌可打。

「那就是偷出對方相當於我方翡翠的密碼之鑰，這麼一來就能進行交易，因爲我方雖然也持續竊聽他們國家打來的電文，但目前仍完全無法解讀密碼。

「大使拿定主意，認爲與其一整天空等，不如早日竊取到手，加以反制。問題是對方的密碼之鑰在哪兒？

「B國不僅找出這份極機密的翡翠之鑰，還成功竊取。B國素以傑出的間諜網聞名，一定有這個能耐，不過A國對他們自己的間諜組織也頗有自信。目前之所以沒能找出對方的密碼之鑰，想必是諜報人員過於散漫。

「大使嚴格下令，務必要在兩天內找出對方的密碼之鑰，並竊取到手。

「A國的間諜許久以前便在B國大使館裡打探，但始終查不出和其他大使館有何不同之處。只有一點不太一樣，聽說B國大使深夜時總在書房裡看書，似乎就是趁那時候解讀B國的電報，這位大使很喜歡紅蘿蔔，會在桌上的杯子裡插上二十根左右切成條狀的生紅蘿蔔，一旦肚餓，就灑上鹽巴，張口便嚼。這項情報是從某個店家那裡得知，他們常將上好的有機西洋紅蘿蔔送到B國大使館。

「最高機密的密碼解讀與生紅蘿蔔。

「當真是無比奇妙，而且滑稽之至的組合。

「A國最優秀的幹練諜報員，從中嗅出此事並不單純，認爲這樣的組合絕非偶然。

「這名潛入B國大使館的男子，姑且就稱爲X1號吧。他出生於歐洲某個小國，在A國接受徹底的諜報訓練，沒有國籍。擁有八個假冒的個人經歷。

「X1號在潛入B國大使館前，已暗中見過A國大使。

「『今晚我一定會找出密碼之鑰，送來給您。』

「『可有鎖定什麼目標？』

「『我會去試吃B國大使的紅蘿蔔。』X1自信滿滿，嘴角輕揚。

「這卻是A國大使最後一次見到X1號。

「他後來陳屍於B國大使館內，被人發現。

「B國大使對外宣稱是身分不明的竊賊潛入，服氰化鉀自殺，就此解決此事。

「又過了幾天，見B國大使館還是沒對外公布他們竊取到的A國機密電報內容，A國大使略感心安，但當然還是無法絕對放心。

「因爲一個月後，不，一年後，B國有可能會看準最有政治效果的時機將情報公諸於世。

「A國大使接著派X2號潛入。

「X2號就此下落不明。

「但在臨行前，他曾和A國大使見面，和X1號一樣，說他『一定會試吃紅蘿蔔』。

「接下來的X3號也是同樣的情形，消失無蹤。

「A國大使館益發明白事情的嚴重性。換言之，問題似乎就出在紅蘿蔔上，但B國大使好像把他們給瞧扁了，依舊每晚在桌上擺上新鮮的生紅蘿蔔。而前往一試的人，從杯裡抽出紅蘿蔔試吃後，肯定都會因氰化鉀中毒而立即一命嗚呼。可能那二十根紅蘿蔔當中，只有一、兩根沒抹毒，唯有B國大使能加以分辨，可口的品嘗他的紅蘿蔔，嚼得卡滋作響。那應該與密碼的解讀之鑰有關，但他們用盡辦法，就是無法從二十根紅蘿蔔當中分辨出哪個無毒。

「而且那爲國捐軀的三名間諜，個個都是投注了數億圓經費培育出的精英，就像無形的文化資產一樣，A國大使館再也不能繼續做無謂的犧牲。

「所以才選中了你。

「你正是有辦法潛入B國大使館，分辨出無毒的紅蘿蔔，加以試吃，進而從中掌握解讀之鑰的人物。

「如何？

「如你所見，我們是貨眞價實的日本人，不過我們受過A國特別的恩惠，所以才會想買你的性命，向A國報恩。」

「這麼說來，事情成功後，A國會給你們大筆賞金對吧？」

「這是當然。否則，我都這把年紀了，才不會模仿黑道的行徑，四處查探你的行蹤呢。」

「說的也是。」

羽仁男悠哉的朝天花板吐了口煙。

「你覺得如何？二十分之一的機率。有勝算嗎？」

「不，先不談這個……」羽仁男露出沉思的表情。「A國的大使館已暗中竊取到B國的最高機密電報了對吧？」

「這是當然。」

「根據我的推理，那東西根本派不上用場。」

「爲什麼？只要能找到密碼之鑰的話……」

「不，比起密碼之鑰，問題在於電報用紙。A國大使館裡，有B國大使館接收電報的用紙對吧？」

「這個嘛……」

「得先確認這件事才行。不過這一切都是明天的問題。我也許明天就會死了，所以今晚得好好睡一覺才行。兩位請回吧。請明天早上來接我。」

「不，這時候你要是逃走，那可就麻煩了。我們也要在這裡過夜。」

「那就隨你們便吧。明天一早護士來替我量體溫時，一定會嚇一大跳，到時候就說是親戚到這裡探望我，留在這裡過夜吧。眞傷腦筋，好個會給我添麻煩的親戚啊。總之，明天早上大使館開門時，請你們其中一人前往A國大使館，確認有無B國的電報用紙。一切都等確認過了再說。」

羽仁男自信滿滿的說完後，就此打了個大哈欠，頭倒向枕頭，旋即打起鼾來。

「這男的膽子可眞大。」

留下來過夜的兩名男子互望一眼，爲之咋舌。

31

隔天早上晴空萬里，春意無限。強行向醫生取得外出許可的羽仁男，趁著發號施令的男子前往大使館的空檔，在鏡子前悠閒的刮著鬍子。

發號施令的男子離開後，另一名男子突然變得話多了起來，不斷講著一些百分之百符合常理的話，令羽仁男覺得，這麼平凡無奇的事，眞虧他說得出來。

「哈哈，你這是武士的修爲對吧。在赴死之際，還能保有這般平靜的心境，果然不簡單。」

男子請護士替他買來奶油麵包，以此當早餐，他一臉天眞的張口大嚼麵包，在朝陽下顯得格外鮮豔的黃色奶油，從麵包旁邊流出。

羽仁男已許久未曾從他的人生中發現這般有趣而滑稽的妙事了。據他的推理，A國這個一流強國的間諜，犯了個愚蠢至極的疏忽，以致就此喪命。當然了，他的推理是否正確，目前尚未確定。

刮完鬍子後，抹上乳液，感覺容貌變得清爽、年輕許多，連他自己也看得入迷。這張臉，活像是不知人間疾苦，也不懂責任爲何物，恣意妄爲的富家少爺。已花開三分的櫻花，在窗外隨風搖曳。

不久，發號施令的男子返回，喘得上氣不接下氣。

「太好了、太好了。B國大使館的電報用紙之前就取得了。看來，A國的諜報員也沒那麼混。對了，在你冒死潛入之前，必須先去見A國大使一面。」

「幾點可以見他？」

「十點到十一點之間可以。」

「對了。」羽仁男低頭看錶。「待會兒我要先繞到某個地方一趟，十點半應該可以趕到。」

「你要去哪裡？還有，你耳後還留有肥皂泡呢。」

「謝謝告知。」

羽仁男今天早上對於這樣的多管閒事毫不在意，以毛巾擦拭耳後，順便朝下巴抹了一把。這時，他發現毛巾上有點點紅漬。原來是剃刀刮出的小傷口。血的鮮紅令他想起那名女吸血鬼，胸口爲之一緊。那像死亡之浴般慵懶又甜美的滋味，這輩子恐怕再也無緣嘗到了。倒不如說，是那名女吸血鬼把自己的性命賣給了他。

「你要去哪裡？」發號施令的男子再次問道。

「你別問那麼多，跟我來就是了。沒什麼，只是買點小東西。人在死之前，總要做點準備。」

經他這麼一說，那名男子頓時轉為嚴肅的表情，不再多言，令羽仁男覺得好笑。

來到醫院玄關前，之前那名護士道：「你第一次外出，千萬不能玩過頭哦。因為這還不算是真正的外出。」

「我已經百分之百痊癒了，妳昨天不是已經測試過了嗎？」

語畢，護士朝羽仁男手臂捏了一把。

連手臂的疼痛，在戶外的春光下也顯得無比閃亮。這三個男人好似要去賭馬般，帶著玩樂與緊張夾雜的表情走下寬敞的坡道，往市街而去。

「我們去販賣有機蔬菜的高級食品店看看吧。得走到青山那一帶才行。」

三人攔了一輛計程車前往。

許久未見的市街景致，到處都感受不到死亡的氣息。人們整個沉浸在理所當然的生活中，以一副「活人醬菜」的模樣行走。羽仁男心想「我要是走進他們裡頭，就變成酸黃瓜了。」就算他一樣是醬菜，頂多也只能當下酒菜。與一天三餐的白飯無緣。他心想，「這也是我的宿命，無可奈何。」

在店裡，羽仁男買了一袋一開始就切成條狀的紅蘿蔔，塑膠袋外頭仍帶有冰箱的結霜，兩名男子一臉認眞的望著他。

「你就買這樣嗎？」

「就買這樣。接下來去A國大使館吧。」

那座氣派的白色大使館，只能從後門的傭人入口走進，令羽仁男有點自尊心受損。

從那裡走過廚房和髒汙的樓梯，打開門後，突然來到一座寬敞的愛德華時代樣式的書房。

兩名男子改爲立正站好。

因爲可以看見大使坐在書桌對面，髮色花白的頭正昂然抬起。

「之前向您提過的男子，已爲您帶來了。」發號施令的男子說道。

「辛苦了。我是A國大使。」

大使很自然的伸手想要握手。羽仁男與他握手後，覺得觸感像是握住一把乾燥花。儘管軟得好像一握就會散了，但感覺卻像滿是尖刺刺進手掌。

「這是訂金，請笑納。」

大使迅速朝備好放在桌上的支票寫上二十萬圓，並簽好名，將墨水未乾的支票交給羽仁男。

「那麼，我現在就進行這項工作，B國的電報用紙在嗎？」

「就是這個。已經準備好了。」

「另外，可否麻煩將竊取來的電文打進這個框框內呢？」

「沒問題。」

大使按鈴喚來打字員，將那份電文和電報用紙交給她。

「這裡有份影本，請過目。」

羽仁男大致看過後發現，電報就算轉譯成日文，一樣看不懂意思，當眞是一份匪夷所思的電文。

在等候打字這段時間，那兩名男子、羽仁男、大使，彼此之間沒任何交談，就只是相對而坐。牆上掛著A國的大政治家肖像畫，書桌旁環繞著金光燦然的書架，裡頭擺放著精裝本的迪斯雷利⑨全集這類的書，整個房間總感覺漂散著一股甘甜、黏膩的外國人體味。

那位有著平肩的中年女打字員，面無表情的拿來那份打好字的電報後，復又離去。

「那麼……」大使說。

「那麼……」

羽仁男說完後，從仍留有些許冷度的塑膠袋裡取出一根紅蘿蔔條，突然送入口中。

32

紅蘿蔔的紅色，是來自維他命A的主體胡蘿蔔素裡的色素，所以紅蘿蔔含有豐富的維他命A。

如果說紅蘿蔔裡含有破壞性的要素，那就是會破壞維他命C的抗壞血酸氧化酶。

紅蘿蔔完全不含澱粉。因此，唾液裡會將澱粉轉化爲麥芽糖的酵素——唾液澱粉酶，不會直接對紅蘿蔔產生作用。

問題大概是出在這彼此無關的兩項要素——抗壞血酸氧化酶與唾液澱粉酶，與塗抹在電報用紙上的藥品產生交互作用，巧妙的在抗壞血酸氧化酶不會產生作用的地方放置唾液澱粉酶，在唾液澱粉酶不會產生作用的地方放置抗壞血酸氧化酶，好分別讓它們引發藥物反應。

羽仁男仔細嚼過紅蘿蔔後吐出，塗抹在電報上，仔細一看，上頭的字句間逐漸浮現密碼的解讀之鑰。

「太教人驚訝了。」大使聚精會神的解讀。

「嗯、嗯。」大使暗自頷首。「還有紅蘿蔔吧？我還有許多電文想請您解讀。這眞是幫了我一個大忙。這樣就能和B國談交易了。想必對方這下子也無話可說。終於完全扯平了。」

羽仁男嘴裡兀自嚼個不停。

「得加點鹽巴才行。……話說回來，這算是下酒菜。可以給我一杯威士忌嗎？」

「酒待會兒再慢慢喝吧。要是現在引發藥物反應，那可就麻煩了。」

---

⑨迪斯雷利：**Benjamin Disraeli**，英國保守黨政治家、作家，在政府中任職長達四十年，曾兩次擔任英國首相。

大使欣喜若狂，目光閃亮，滿懷期待的望著像馬一樣啃食紅蘿蔔的羽仁男。

33

——將嚼得黏答答的紅蘿蔔渣塗在所有電報上後，被帶往其他房間的羽仁男又收了一張兩百萬圓的支票，其他兩名男子也各自收了一張支票，看他們一臉喜孜孜的模樣，想必對這筆金額很滿意。

大使親自向羽仁男勸酒。

「您沒冒半點生命危險，就立下這等大功，到底是怎麼辦到的？我實在很想向您問個清楚。」

羽仁男本想回答，但這當中的複雜由來，他無法以英語表達，所以委由那名發號施令的男子代爲翻譯。男子也很樂於幫忙，介於大使與羽仁男之間，操著一口和他土氣的模樣很不搭軋的流暢英語，爲兩人口譯。不過，當中羽仁男說了一些很失禮的話，這時他都會適當的加以刪除。

「A國到底是在發什麼愣啊？害死了三名重要的情報員，光是這樣就損失了數十億圓，不過仔細想想，如果是這種糊塗情報員，多死幾個，搞不好對貴國反而有利呢。你們那精明的頭腦，被欲望所蒙蔽，忘卻事物最簡單的本質，反而淨往枝微末節裡鑽，就是這樣才會犯下這等錯誤。

「是這樣沒錯吧？

「那三名情報員爲了試吃紅蘿蔔，陸續潛入B國大使館，這是確切的事。單就這點來說，你們的推測沒錯。

「然而，我看過那些新聞報導，上面怎麼寫來著？

「『笨賊夜闖B國大使館。誤食毒紅蘿蔔，當場喪命』

「在這樣的標題下，情報員嘴裡還含著一口加了氰化鉀的紅蘿蔔，B國大使對外解釋『他不小心將動物實驗用的食物擺在桌上，結果被肚餓的小偷給吃了』，就此成爲一樁笑話。

「最後你們就這樣上鉤了。第三名間諜也是同樣的死法。

「因爲你們認爲B國大使之後一樣每天晚上都會若無其事的將紅蘿蔔擺在桌上，等候下一個小偷上門。

「然而，有誰見過第一名間諜眞的是試吃紅蘿蔔而死？也許是有人硬把紅蘿蔔塞進他嘴巴裡呢！

「換句話說，B國的目標，是讓你們以爲要解讀密碼，需要特別的紅蘿蔔，而且要分辨有毒無毒的紅蘿蔔極爲困難，這全都是心理層面的詭計。

「打從我聽聞此事的那一刻起，便發現這是詭計。

「爲什麼你們不會認爲『用普通紅蘿蔔也一樣』呢？這是連小孩子也明白的想法。但你們卻把它想得特別複雜，最後甚至還鬧出人命。

「所以我帶著兩個方案來到這裡。首先是以普通紅蘿蔔來試試看。這招應該十之八九行得通，要是眞的不管用，我就算前往試吃含有氰化鉀的紅蘿蔔，就此喪命也無妨。既然是冒著生命危險，吃點紅蘿蔔根本不算什麼。

「現在我坦白告訴你們吧，我其實最討厭吃紅蘿蔔了。

「那紅中帶黃，土裡土氣的顏色，還有那氣味，特別是生吃時，直教人全身發毛。

「小時候看我那討厭的老爸啃著生紅蘿蔔，年幼的我便心想，要是我像他那樣的話，一定會變成一匹馬，我一輩子都不吃那種低俗的東西，久而久之，連生理上都產生了排斥感。

「日後我只要看到摻有紅蘿蔔的燉牛肉，就會像往馬桶裡窺望般，感覺很不舒服。還曾在書店裡看到名爲《紅蘿蔔》的小說，對作者的粗神經大爲驚詫。

「如果要我從被槍殺或是吃紅蘿蔔二選一，我會選擇被槍殺，不過，我這條命並不是我的，它已經歸我的客戶所有，所以我才會上演這齣比死還難受的啃紅蘿蔔戲碼。

「這兩百萬圓算便宜了。

「我特別要告訴A國大使，今後請不要再把事情想得太過複雜。其實人生和政治一樣，都出奇的單純淺薄。但若沒有隨時都能赴死的念頭，是不會有這種心境的。想活下去的欲望，會讓一切事物顯得複雜離奇。

「那我今天就告辭了。日後應該是無緣再見了。

「此次的工作我會負起責任，絕不向任何人提起，所以請勿派遣您引以爲傲的情報員查探我的一切。

「另外，今後恐怕再也沒機會幫得上您的忙，所以請不要再找我。

「我對A國與B國對立的政治問題沒半點興趣。你們可能太閒了，才有空搞『對立』

吧。

「那麼，告辭了。」

那名發號施令的男子口譯完畢時，羽仁男已退至氣派的大門前，恭敬的低頭行了一禮。

34

羽仁男回到醫院後，急忙整理行囊，離開醫院，一面注意後頭有無別人跟蹤，一面返回公寓，接著便開始整理打包行李。

「終於要離開啦？瞧你才剛完全恢復健康，就要搬離這裡，眞教人捨不得。不過，接下來半年的房租費，我可不能退還給你哦。」

「好啊，你就留著吧。」

「看你年紀輕輕，收入倒挺不錯的嘛。」

公寓管理員似乎有點嫉妒，舌頭在口中翻動，如此說道。這個男人活像一頭反芻的牛，總是將食物的殘渣含在口中某處，細細品味。

羽仁男的行囊很簡單。他幾乎不看書，衣服也是穿膩了就丟，所以家具整理好之後，剩下的家當用三個大紙箱便收納完畢。他看到先前曾一起共進晚餐的老鼠玩偶，索性一起丟進其中一個紙箱。

他找來搬家的小貨車，就停在公寓前方。對面人家玄關前的瘦弱櫻花樹，掛著不到十朵櫻花，貨車司機心不在焉的望著櫻花，沉浸在賞花的氣氛中。

見他沒有要幫忙的意思，羽仁男只好自己逐一從公寓裡搬出家具。

他似乎身體還沒完全康復，也可能是紅蘿蔔吃多了對身體有害，才搬了兩張椅子，便已汗流浹背。

公寓管理員不知躲在什麼地方，完全沒來幫忙。

他好不容易扛下桌子，來到樓梯半途，桌子突然變得輕盈許多。

正當他覺得納悶時，才發現原來是那名發號施令的男子將他的桌子扛到自己肩上。

「我來幫你忙吧。你大病初癒，不適合自己搬。」

說著說著，另一名男子也快步衝上樓梯，對他喚道：「把這個箱子搬下樓就行了對吧？」

行李轉眼都已搬上貨車。

「謝謝兩位。不過，我不是拜託過你們，別再跟蹤我嗎？」

「我沒有要跟蹤你的意思。只是想報恩而已。對我們有恩的人，都會腳底抹油，想要離我們遠遠的。這點我們也很清楚。我們今後絕不會給您添麻煩，如果您有什麼困難，請跟我們說一聲。我們一定會鼎力相助。」

「你身上帶著槍對吧？」

「這是當然。」

發號施令的男子臉上露出單純率直的表情，丹田有力的應道，接著遞出一張寫有『內山誠』三個字的名片，上頭除了地址和電話外，沒寫任何頭銜。

男子臉上洋溢充滿誠意的微笑，向他問道：「接下來您要搬到什麼地方去呢？」

「別問這個問題。因爲連我自己也不知道。」

羽仁男冷淡的說完這句話後，坐進貨車前座，留下在櫻花樹下揮手的兩人，貨車很不情願的啓動。

「要去哪兒？」心不在焉的司機如此問道。

「世田谷。」羽仁男隨口應道。

其實他也不知道該何去何從。

他懷裡有兩張支票，分別是兩百萬圓和二十萬圓面額。

他望著像撲粉般的春日街頭，暗自計算從事這項生意後賺取的收入。

從第一位老翁那裡賺了十萬圓。

從自殺的女子那裡賺了五十萬圓。

從吸血鬼的兒子那裡賺了二十三萬圓。

這次的事件賺了二百二十萬圓。

合算共賺進三百零三萬圓。以一個月賺一百萬圓的情況來看，倒也稱得上是樁好買賣。收入是他當初當廣告文案的十倍。

雖然白花了一筆公寓租金，但只要有手頭上這些錢，便可保能過上好一陣子闊綽的生活。

如果是流行歌手或電影明星，當然可以賺更多錢，不過他們的開銷也大。無法像羽仁男這樣，拿自己的性命當商品，時而悠哉的受人照顧，時而讓人吸血，過著輕鬆自在的生活。

不管怎樣，他認爲現在是「性命出售」這個生意暫時休息的好機會。目前可以先過一陣子逍遙闊綽的生活，若是想一直這樣活下去也行，如果想死，到時候只要重新再做這項生意即可。

他從未有過如此自由的心境。

他實在搞不懂那些選擇結婚，一生都被束縛，或是在公司上班，讓人當牛馬使喚的人，腦子裡在想些什麼。

像這樣恣意揮霍，等錢花完了再自殺，不就好了嗎？

自殺……

想到這裡，不知爲何，他精神上興起一股嘔吐感。

只因爲有過一次失敗的經驗，自殺這件事令他百般排斥。好不容易沉溺在自甘墮落的愉悅心情中，此刻的他始終提不起勁起身去拿近在眼前的香菸。雖然很想抽根菸，但他知道香菸擺放的位置，就算他伸長手也搆不著，因而起身拿菸便成了一件麻煩事，就像有人拜託幫忙推一輛拋錨的車一樣。而這就是自殺。

「要去世田谷的哪一帶？」司機行駛在環狀七號線上，如此問道。

「去哪一帶是吧。找一處有房仲公司或介紹所的地方吧。」
「真不敢相信。先生，你還沒找好搬家的地方啊？」
「是啊，還沒找到呢。」
「真令人難以置信。」駕駛雖然這麼說，臉上倒是沒什麼驚訝之色。
在駛進梅丘車站的轉角處，有一家在玻璃門上張貼租屋告示的介紹所映入眼簾。
「就那裡吧。在那裡停一下。店門前應該可以停車。」
「嗯。」
司機嘴巴微張，以鼻音應答。
他打開門走進店內。
「歡迎光臨。」
一名年約五十，長得白白胖胖的婦人，正坐在桌子前，像在查資料。
屋內角落有一組內裡稻草外露的沙發，一旁擺著插有人造玫瑰花的花瓶，牆上貼著這一帶的地圖。
「我想要租房子，可以的話，希望是獨立的別房，可以自由進出，還有人可以幫忙張羅三餐，有這樣的房子嗎？」

「這樣啊，一時之間無法馬上幫您找到您理想的房子。您希望的價位是多少？」

「一個月五萬圓。五萬出頭也沒關係。當然了，伙食費另計。」

「請等一下。」

婦人翻閱帳冊時，玻璃門被人用力打開，走進一名身穿長褲的女子。

那名年約五十的婦人一見此人，明顯蹙起眉頭。

35

身著長褲的女子，似乎步履不穩，模樣怪異。

她氣色不佳，年紀還不到三十，和體型相較之下，臉蛋顯得特別小，算是傳統日本型的細緻五官，與臉上的妝很不搭調，與她毛衣底下鼓起的雙峰還有體型也很不相稱。

女子走進店內的同時，那名年約五旬的婦人似乎完全忘卻羽仁男的存在。

「妳要是再這樣糾纏不休，小心我報警哦。」又白又胖的女店主豎起全身的肥肉，如此威脅道。

「要報警就去啊。我又沒做什麼懷事。」

長褲女子口齒不清的說道，將羽仁男前方的椅子轉過來，背對他坐下。

「因爲妳實在太糾纏不休了。收那麼高的房租，又開出一大堆條件，就算妳說會多給我一些介紹費，但我又不是人力仲介。既然這樣，妳何不自己去找人，和對方交涉呢。就因爲妳沒那個本事，所以也無可奈何啊。」

「妳這裡明明是介紹所，卻還說這麼沒禮貌的話，妳沒這個權利。再說了，我有沒有本事，與妳何干啊！」

話才剛說完，女子頭靠向椅背，突然打起鼾來。她熟睡的表情無比天眞，微張的雙唇狀甚柔軟，是個會激起人欲望的女人，不過她的鼾聲實在教人不敢恭維。

「我正覺得怪呢，原來是吃了藥。根本就是在耍我嘛。我得報警才行。不好意思，您可以幫我顧一下店嗎？要是這個女人醒來後胡來，把店裡的東西砸壞，那可就傷腦筋了。眞受不了。」

「這到底是怎麼回事？」

羽仁男忘了停在外頭的貨車，不慌不忙的坐下細問。

「她是附近一間大戶人家的千金小姐。和父母同住在一間豪宅裡，是家中的么女。其他兄姐都已結婚，各自成家，只有她因爲父母溺愛，極盡任性之能事，過著靡爛的生活，以她這個樣子，根本嫁不出去。

「說到她父母，原本是這一帶的大地主，但戰後生活困頓，我幫了他們不少忙，代爲變賣房產。如今只剩這座豪宅了，就算過去再怎麼有錢，現在要是光靠變賣家產度日，早晚也會米缸見底。於是他們想出租家中三間茶室風格的別房，這是常有的事，所以要我幫他們的忙，我自然不會排斥。

「但教人頭疼的是，玲子這位大小姐把一切全搞砸了。那麼老舊的別房，她要求收取押金五十萬，每個月房租十萬，一文都不能少，而且還有個附加條件，得是單身的年輕男子才行，我替他找來的顧客，她連瞧也不瞧一眼。當中甚至有一位是看上玲子小姐的中年社長，說他願意出這筆錢。不過，玲子小姐一直這樣妨礙我做生意，搞砸一切，我實在無法忍受。你也設身處地替我想想。她這樣子誰受得了啊。」

語畢，婦人忘了上警局的事，以衣袖掩面，放聲大哭了起來，最後甚至額頭抵向貼有租屋告示的玻璃門上哭泣，整個玻璃門就像遭遇強風般，頻頻作響。

一人鼾聲雷作，一人放聲大哭，羽仁男不知如何是好，但最後他拿定主意，站起身，伸手搭向那名兀自哭泣不停的婦人肩膀。

「我說，我可以租那間房子。」

「咦？」

婦人拭去眼淚，緊盯著羽仁男的臉，幾乎都快將他穿出洞來。

「不過我有個條件。因爲我嫌麻煩，所以想先暫時將行李搬往那處別房擺著，等看過之後，要是我不喜歡，或是對方看我不順眼，我馬上就離開。」

「你已經搬來了嗎？」

「貨車在外頭等著呢。妳看，在那裡。」

一陣風吹來，對面那座牆外隨風搖曳的櫻花樹，底下停著那輛貨車，司機再度從車內走出，心不在焉的觀賞櫻花。髒汙的藍天，宛如蒙上一層泛黃的煙靄。可以望見有隻貓從牆上走過。貓躍向櫻花樹黑色的枝椏，像水母般搖晃著身軀，順著樹枝而下。

好個古怪的明亮午後。

感覺像忘了某件重要東西的午後，彷如明亮空地般的春日午後。

羽仁男之前一直都想好好休養，但此刻他感覺自己又捲入某個怪異的事件中。這世界的形狀，應該就像雲形尺規一樣。地球是球狀的說法，恐怕只是謊言。另一邊或許會在不知不覺間扭曲變形，往內凹陷，或者是筆直的一邊突然成了斷崖絕壁。

人生沒有意義，這句話說來簡單，但想要在無意義中生活，需要有很強大的精力，羽仁男重新對此興起一股感佩之情。

婦人搖玲子肩膀，將她喚醒。

「喂，這位先生說他願意租那間別房哦。他年輕，而且單身，是妳喜歡的類型。這下妳總沒得挑剔了吧？快點帶人家去看房子吧。」

玲子睜開眼，但頭仍靠向椅子，抬眼望向羽仁男，她的嘴角有一條口水的絲線閃著亮光，羽仁男看在眼裡，感覺有點嫌棄，卻又覺得莫名的性感。

玲子站起身。

「我沒意見。花了這麼久的時間尋找，終於找到人了。喂，妳開心一點好不好。別老是說我壞話嘛。」

玲子以不帶半點感動的空洞聲音誇張說道，一把抱住婦人。

「她就是這樣教人受不了。老是讓人傷透腦筋，但其實，只是個長不大的孩子。」

婦人這次明顯以做生意的職業笑容朝羽仁男微笑。

36

在玲子的指示下，貨車上的行李全部在離後門不遠的別房玄關前卸下，接著玲子拉著羽仁男的指尖，走在通往主屋的踏腳石上。

行經草木蓊鬱的庭院，很難想像這附近有一條車流不息的環七道路，看見前方有一對老夫妻面對面坐在主屋外廊邊的籐椅上。

「哎呀，妳回來啦，玲子。」

「嗯，我帶回一位要租別房的房客。」

「哎呀呀，屋裡一團亂，有失敬意，請進屋裡坐吧。」

個子嬌小、氣質高雅的老夫人，恭敬的向羽仁男問候，身旁站著一名同樣和服打扮，氣質出眾的白髯老翁。

「幸會，敝姓倉本。」

老翁笑容滿面的自我介紹，令羽仁男頗有好感。

他被帶往客廳，背對壁龕而坐，主人端茶招待，這樣的款待過於傳統，而且尋常，令羽仁男又多了一項納悶之處。

屋裡的家具很氣派，巨大的紫檀櫃架上擺有香爐、玉鸚鵡當裝飾，壁龕裡的畫軸，也是寫有詩句、古色盎然的桃源鄉圖。

「小女禮貌不周，請多多海涵。」

屋主話才剛說完，老夫人便接話道：「不，雖然禮貌不周，但卻是個心地善良，像神一般的好女孩。她因爲天眞無邪，總是想以純眞的心去面對世事，最後落得得靠服用海母那……」

「啊，媽，是海米那⑩才對。」

玲子立即明確的加以糾正。老夫人把這位年近三十的女兒，描述得有如十二、三歲的少女般。

「哦，是這樣啊，她服用這種東西，另外還有L什麼的。」

「媽，是LSD⑪。」

「L什麼？咦？妳說SSB？這好像某個咖哩的牌子呢。總之，她服用這種時下流行的藥劑，晚上在新宿一帶遊蕩，全都是爲了見『夢中的王子』一面。是這樣沒錯吧，玲子？」

「討厭啦，媽。」

「這孩子就是自尊心特別強，這點和她其他兄姐不一樣。她很認眞看待自己的人生，這種個性很好，所以我們才認爲得讓她這項特質好好發展。老年人不能摘掉初生的新芽，所以我們希望能永遠以溫暖的眼神來守護她。哎呀，一直在談我女兒的事，不過，我這心地善良的女兒很努力改造那間別房，說她想讓理想的男人在裡頭居住，我們又怎能反對呢？

「今日有幸能與您見面，或許是神明的安排吧，對玲子來說，這實在是無上的幸運啊。

「玲子，快帶這位先生去參觀別房吧。」

---

⑩海米那：Hyminal，某種安眠藥。

⑪LSD：麥角酸二乙基醯胺（Lysergic acid diethylamide），是一種強烈的半人工致幻劑。

「嗯。」

玲子站起身，再度用力拉著羽仁男的小指，羽仁男就此踉蹌的站起身。

春光從葉叢間稀疏的樹枝透射而下，眾多光影落向庭院，沿著山茶花點點綻放的草叢，再次返回別房後，玲子唰的一聲拉開擋雨門。

本以為會有濃濃的霉味撲鼻而來，但其實不然。

裡頭不見任何茶室用的榻榻米，而是一間鋪了一地磁磚，圖案宛如鋪滿落葉的廚房。

羽仁男走進隔壁的大廳，大吃一驚。

地上鋪的是奢華的天津地毯，法屬印度支那風格的竹床，上頭鋪的是波斯風的斜紋編織床罩，而看起來像是會掛上茶室掛軸的壁龕，卻安設了一台氣派的立體音響。另一方面，屋內角落是整組由越南風的紫檀木打造、採螺鈿圖案裝飾的路易式椅，而一旁擺的是新藝術運動的青銅檯燈，造型是以曲線柔順的鈴蘭葉當女人的下半身，上半身則是姿態扭曲，支撐著燈火。

牆壁以厚質綢緞包覆，角落有一座貼有鏡子的美觀酒櫃，打開櫃門，裡頭陳列的盡是好酒。

「照這樣看來，也難怪會收這麼高的房租。」

羽仁男在心中低語，玲子似乎已看出他的心思。

「那名女房仲根本就不知道我家中的情況。眞是個傻瓜。我故意說話激她，她就眞的發火了，眞是有意思。爲了打造這個房間，我可是煞費苦心呢。我平時總是獨自一人。……去新宿也是一個人去。沒跟任何人交朋友。因爲感到寂寞，所以才培養出這樣的嗜好。好笑嗎？」

「不會啊。不過，這是個不錯的嗜好，雖然多少有點古怪。」

「這全都是我爸爸的蒐藏品，我從倉庫裡拿出來擺的。雖然他現在一副了悟俗世的模樣，但以前也做過不少壞事呢。」

「妳爸爸沒意見嗎？」

「意見？在我們家，我說的話，若有誰敢忤逆，包準他害怕得不敢活命。」

玲子突然朗聲大笑，久久不停。

這時，老夫人輕敲那尚未打開的擋雨門，走進房內。

仔細一看，她端著一個漆盆，煞有其事的在上頭擺了一份折好的公文書。

「這是申請書和合約書，請您過目。」

上頭寫著「押金五十萬圓　每月房租十萬圓」，字跡就像是某種書法流派般，詳細周到的明記各種事項。

「我雖然有錢，可惜是支票，而且面額與您要的金額不符。現在已過了三點，請容我明天再到銀行兌換現金。」

「看您方便，什麼時候都行。」

老夫人說完後，緩緩離去。

羽仁男在意起玄關的行李，與擺設這種家具的房間相形之下，他的行李寒磣極了，他很想將行李擺進倉庫裡。

這時，玲子馬上對他說道：

「如果要放進倉庫，我隨時都能替你帶路。你帶來的家具，就收進倉庫裡吧。」

她似乎會讀心術。

「妳爲什麼懂得別人的心思？」

「我吞了藥，變得口齒不清時，就會這樣。雖然不清楚是怎麼回事，不過平時並不會這樣。」

兩人就此無話可談，陷入一陣沉默。

後來愈想愈覺得這家人很古怪。想不透爲什麼要張羅如此豪華的房間，擺上這麼大一張床，而且對房客挑三揀四，收取這般高額的房租。

這當然有可能是爲了生活，但若眞是這樣，這名已過花樣年華的放浪女，料想也不會爲了找房客，而緊纏著介紹所不放，就此遭人嫌棄。

雖然行爲有違常規，但也不像是有精神上的毛病。

像羽仁男這樣的男人，儘管從某件事情脫身，但也許命中註定又會遇見其他「同類」。孤獨的人會像狗一樣，馬上便嗅出彼此的孤獨。玲子那剛睡醒的迷濛眼神，肯定是一眼便看出羽仁男絕不是個健全而又中規中矩的人。

偏偏這樣的人，會有將自己的窩裝飾得光彩奪目的習慣，說來還眞是不可思議。羽仁男以前待在他那簡樸的公寓，從事「性命出售」的買賣，成功收場，最後他開始找尋奢華的休養之所，而此處再合適不過了，從它低矮的天花板看來，給人的感覺猶如壯麗的墓穴。

「我想在這個房間裡休養一陣子，消除身心的疲憊。」羽仁男半自言自語道。

「什麼事令你這般疲憊？」

「不，我老早就感到疲憊了。」

「對人生感到疲憊，對生存感到疲憊，不會是爲了這種平庸無奇的事吧？」

「也沒其他可以讓人感到疲憊的事吧？」

玲子冷哼一聲，微微輕笑。

「你自己心裡很清楚。你是對死感到疲憊。」

37

玲子的眼神感覺很渙散，說出的話卻一針見血，令人不寒而慄。

羽仁男正爲之震懾時，玲子從書架上取出一大本裝幀豪華的精裝書。擺在膝上，頻頻翻閱頁面。

「就是這個。」

玲子如此說道，指給羽仁男看。

那是附有精美插圖的大開本《一千零一夜》。而玲子所指的插圖，是一個近親相姦的知名故事，一對同父異母的兄妹譜出禁斷之戀，爲了躲避世人目光，他們在墓穴裡建造豪華的房間，蓋上蓋子，就此斷絕與地面上的聯繫，不分晝夜的沉溺於兩人的歡愉中，最後招來天怒，慘遭天火焚身。當他們的父親查出兩人藏身之所，進入墓穴查看時，只看到織錦的床鋪上躺著一對緊摟的焦屍。

插圖畫的是仍看得出人形的全裸焦屍，在完全看不出燒焦痕跡的豪華床鋪上緊緊相擁。這訴說出死亡的不祥與醜陋，以及活生生將兩人美好身軀吞噬的火焰，看起來不像是死於天怒之火，也許是被肉體的歡愉之火活活燒死。

「雖然都燒焦了，但他們還親吻著彼此，眞是太酷了。他們是在欲仙欲死的巔峰狀態下死去。」玲子說。

「不過，你讓這麼一位恣意妄爲的房客住進這種地方，到底是在打什麼主意？」羽仁男問。

「我早晚會慢慢告訴你的。等明天拿到該到手的東西後再說。」玲子說。

38

入夜後，羽仁男百無聊賴，於是打電話給薰。

「咦，你人在哪兒啊？你搬離了之前的公寓對吧？」

傳來薰喜不自勝的聲音。看來，母親的死，已沒在少年心中留下任何陰影。

「我臨時搬家。想告訴你我的新地址和電話。」

「等一下！這電話沒人竊聽吧？」

「你的顧慮很有可能。不過，就隨它去吧。」

「你又開始重操舊業啦？」

「我目前暫時休息。」

「這樣好。最好先靜養一陣子。反正你也沒有經濟上的煩惱對吧？」少年以大人口吻問道。

「等我開始做生意時，再請多多關照。」

「拜託。你也該當個正經人了。對了，我可以去找你玩嗎？」

「現在不太方便。」

「身邊又有女人是吧？」

「是啊。」

「啐，眞是惡習不改。」

「日後我要是遇上什麼麻煩事，再打電話給你。因爲像那種時候，我也只能仰賴你了。」

這句話明顯令少年頗感自豪。

「不過，到時候救了你，又會惹來你的埋怨，我該怎麼做才好？總之，我靜候你的聯絡。在那之前我不會打擾你，請放心。」薰說完後，掛斷電話。

隔天，羽仁男前往銀行開戶，把支票換成現金後，返回住處馬上便交給倉本夫人。

「您太客氣了，眞是不好意思。不知小女會有多開心。她現在剛好外出。……小女找尋多年，就是在找像您這樣的人啊。」

老夫人在玄關處面露高雅的笑容，如此說道。接著煞有其事的將包在紫色包巾裡的合約書遞給羽仁男。

「可以打擾您一下嗎？」

「哪兒的話，快請進。我去泡茶。」這對老夫婦熱情的迎羽仁男入內。

被帶往一間幽靜的房間後，羽仁男心情頗爲平靜。這裡看不到現代的一切妖魔鬼怪。不過他們的獨生女玲子除外！

倉本將他原本正在閱讀的唐詩精選擺在一旁。

「見您精神百倍，眞教人替您高興。昨晚睡得好嗎？」他問。

「很好，託您的福。」

羽仁男很坦率的向他回了一禮。他之前極力尋死。但眼前卻有一對絕不會忙著尋死的夫妻。庭院裡有不知何處散落而來的櫻花花瓣隨風飄揚，房裡則是有白天清冷的黑暗，以及老翁白皙的手翻動的唐詩精選頁面。他們就像靜靜的爲即將到來的寒冬編織毛衣般，以漫長的時間，緩緩編織自己的死亡。

他們這股冷靜從何而來呢？

「玲子想必讓您覺得很驚訝吧？」倉本先生笑咪咪的說道。「請您見諒。她會變成那樣，我們要負起責任。」

羽仁男忍不住望向倉本先生，這時夫人剛好端茶走來。

「是啊。也許告訴他那件事會比較好。」夫人語氣平靜的說道。

「我以前從事船務工作。」倉本先生開始娓娓道來。

「一開始是當船長，最後則是回到陸上，擔任自己所屬船公司的董事，後來當上社長，在這一帶買下土地，本想以大地主的身分悠度餘生。但後來國家戰敗，地主這行業行不通，家中經濟每況愈下。當初要是保留那些土地，現在恐怕已擁有數十億的財產，不過，因爲戰後徵財產稅，我賣了一部分土地，後來連其他土地也陸續變賣現金，當眞是笨到家了。

「過去的事就不提了，么女玲子是在一九三九年⑫出生，也就是我沒當船長的隔年。

「我厭倦了船長的工作，罹患現在所說的輕微精神官能症。在精神醫病院裡住了兩、三個禮拜。後來已完全康復，這點從我日後被推選爲董事，並進一步擔任社長，成功勝任這些工作，便可得知。

「然而，就在二十年後，也就是九年前，這小小的事件卻讓玲子的人生嚴重觸礁。

---

⑫本書寫作時間為一九六八年。

「當時有人上門替玲子談婚事，玲子也很滿意對方，但後來對方卻突然拒絕這門親事。玲子是個凡事都得查個水落石出的女孩，對方拒絕她的理由，她大可不必查探，但最後她還是從那位大嘴巴的媒人口中問出了原因。

「對方查出二十年前我住院的事，興起無來由的懷疑，說我那肯定不是普通的精神官能症，因爲我當過船長，所以一定是梅毒，而玲子是在我住院前出生，她一定染有先天性梅毒。

「從那之後，玲子便個性大變。

「開始抽菸喝酒。儘管我告訴她，那種謠言根本就是對方無聊的瞎猜，只要做血液檢查，馬上便能真相大白，要不然我們父女倆去醫院檢查，請醫生說個明白，但玲子還是不相信。不論我再怎麼用科學的方式說明，還是無法說服她。她對我說，『我以後一定會發瘋，只有這段時日可活，所以我不結婚，更別說是生孩子了。』這孩子一旦話說出口，就絕不會更改。

「她的兄姐們個個都很正經，一板一眼，全都極力苦勸她，但玲子卻更加彆扭，誰說的話都不聽。

「最後，在玲子的期望下，我更改名義，讓那座別房成爲玲子的財產，但怪的是，她自己不住，卻要以高額的房租租人，以此作爲自己的生活費。

「我雖已年老力衰，但養一個女兒還不成問題，如您所知，收來的房租，全成了她的個人收入。

「哎呀，講這些莫名其妙的話，對您很是抱歉。若您明白內情後，對小女有一絲憐憫之心，願意在此住下，那就太感激不盡了。

「最近她常到新宿一帶遊蕩，服用奇怪的藥物，左鄰右舍百般嫌棄，但她卻仍深信『我患有先天性梅毒，總有一天會發瘋』，眞教人拿她沒辦法。

「淨說這些丟人現眼的事，讓您見笑了。

「不過，有一件令人慶幸的事，那就是她雖然常出入於新宿一帶，星期天都鬼混到天亮才返家，但不知爲何，她總是獨自一人，沒其他狐群狗黨。也從沒帶一些模樣猥瑣的朋友回家過。這點眞教人額手稱慶啊。要是有那種雌雄莫辨、頭髮長得像妖怪般的人在家裡進出，我們一定會頭疼不已。

「說到這點，恕我冒昧說一句，像您年紀雖輕，但穿著得宜，年輕人就得像您這樣才對。」

39

——這天，玲子遲遲未歸。羽仁男躺在床上看書，有意無意的等著玲子回來。

前往新宿找尋玲子，根本是無意義之舉。

早從還是廣告人的時候起，他就很清楚嬉皮那班人。他們肯定是「無意義」的探究者，但又不像是直接面對「無意義」來襲，無從躲避的人。玲子就是很好的例子，他們會變成這樣，都有極爲庸俗的理由。例如不合乎科學觀點的梅毒恐懼症，或是排斥上學、排斥念書等無聊的理由。

羽仁男站在某個高度，可以鄙視所有抱持「理由」的人。

無意義這東西絕不是以嬉皮他們所想的形式來侵犯人類。它絕對會以「新聞的印刷字變成排成一列的蟑螂」這樣的形態來犯。

本以爲是道路，很放心的走在上頭，結果發現它竟是三十六樓高的大樓屋頂欄杆。

在逗弄貓兒時，貓叫了聲喵，張開牠那滿是魚腥味的嘴巴，突然從牠口中的闇黑看到一個宛如被大空襲燒焦的都市般，漆黑一片的廢墟。

經這麼一提才想到，他曾經很想養一隻暹羅貓。但萬萬沒想到，後來竟會和一隻老鼠人偶共進晚餐。

用鑷子朝暹羅貓的鼻尖餵牛奶，等到牠想吞嚥時，再把鑷子往上托，讓牠整張臉沾滿牛奶。

在他的想像裡占有極重要地位的這項儀式，對日本的一切政治經濟來說，肯定也極爲重要。換言之，一國的內閣會議應該就是這樣展開，安保條約問題也應該這樣解決才對。因爲一隻傲慢的貓意外丟了臉面，我們才得以清楚明白養貓的含義。

也就是說，羽仁男的想法全都是從無意義開始，而且是爲了有意義的自由而活。因此，他絕不能從有意義的行動開始。而那些從有意義的行動開始，遭遇挫折、絕望，直接面對無意義的人，就只是多愁善感的人。一群貪生怕死之輩。

當打開櫥架，清楚明白無意義早已隨著堆疊的穢物坐鎮其中時，人們還有必要去探究無意義，過著無意義的生活嗎？

羽仁男認爲，自己早晚一定又會開始「出售性命」。

這時，茶室的門戰戰兢兢的被打開。本以爲是貓，原來是玲子。

她耳畔掛著大大的塑膠耳環，身穿活像是墨西哥斗篷的服裝。從紅、綠、黃多色相間的條紋圖案中，有一張從領口冒出的蒼白臉孔。

「哦，妳回來啦。」羽仁男很居家的問候道。

「你肚子餓了吧？我來是想替你準備晚飯。」

「好個服務周到的房東啊。」

「你已經從我爸那裡聽說一切了吧。」玲子望著羽仁男的額頭問道。

「我這裡有這樣寫嗎？」

「是的，因爲我什麼都知道。」

玲子說完後，走向廚房，開始乒乒乓乓的忙了起來。羽仁男覺得無聊，很想說話，儘管被水聲和切菜聲干擾，他還是大聲的與玲子交談。

「從今晚起，我可以到這裡過夜。妳覺得呢？」

「那很好啊。可是……」

「可是什麼？」

「要是明天早上，我們兩人變成焦黑的屍體，那多沒意思啊。」

「我可以把瓦斯栓打開。這樣就能死得漂亮點。」

「可是，像一千零一夜裡的故事，不是都徹底享受過之後才死嗎？光一個晚上實在不划算。」

「你太奢求了。」

玲子沉默了半晌，傳來鍋子煮沸的聲響。

「妳該不會在裡頭下毒吧？」

「這麼做比較好嗎？」

「事後會被人驗出砒霜哦。」

「如果是我們兩人一起死的話，就沒關係。」

「我還沒答應妳呢。我確實是向妳租房子，但我可沒簽約說要連妳一同租下。」

玲子作好菜，端向羽仁男。狀甚可口的肉湯和菲力牛排，外加一小瓶葡萄酒。她就像貓一樣，慵懶的坐在一旁，望著羽仁男認眞吃飯的模樣。

「好吃嗎？」玲子問。

「嗯。」

「你喜歡我嗎？」她以同樣充滿睏意的口吻問道。

「嗯，妳煮得一手好菜，會是位好新娘。」

「別開玩笑了。我一直等著和你見面，還寄信給你呢。

「我相信你一定會到我家來。我有一股奇妙的確信。你肯定就是那個人。在朝夕新聞上刊出奇怪廣告的人。

「說要『性命出售』。是這樣沒錯吧？」

40

「沒錯，爲什麼第一次在房屋仲介那裡見面時，妳就知道在報上登廣告的人就是我？我只是湊巧走進那家店的客人。」

「因爲我手上有你的照片。」玲子以平靜的神情回答道。

「我的照片？誰給妳的？」

「你可眞像刑警。像個小市民般，執著於這種小事上，眞不像你的作風。」

兩人的交談就此打斷，就算在房屋仲介的店裡邂逅玲子單純只是偶然，但自己不知何時被拍攝的照片，正四處散播，這似乎是千眞萬確的事。不過，這是爲什麼？在這無從捉摸的世界裡，自己什麼時候成了明星？

吃完飯後，玲子自己靠了過來，雙手夾住羽仁男的臉頰，一對大得嚇人的眼瞳，深深注視著羽仁男。

「我說，我把病傳染給你吧。」玲子說。

「好啊。」羽仁男懶洋洋的應道。

「我註定再過不久就會發瘋，也許這時候便會突然發狂哦。」

聽玲子這麼說，羽仁男突然爲這名錯過適婚年紀的女人感到同情。

——褪去衣衫的玲子，有著晶瑩剔透的美妙胴體，令羽仁男頗感詫異。本以爲她會因服藥而膚質變差，但事實上完全沒這種感覺，那光滑的玉膚，在幽暗的燈光下，緊密包覆她那不安而又孤獨的靈魂。雙峰顯得很健康，隆起的姿態如同古墳的形狀，她的裸身給人一種古典的印象。曲線玲瓏的腰身，雖然模樣上略顯誇張，但浮現在昏暗中的白皙腹部，始終都給人溫暖、豐盈之感。羽仁男手指所到之處，激起漣漪般的顫動，傳向玲子全身。羽仁男覺得，保持沉默的玲子宛如一名被拋棄的可憐孩童。

但就在那重要的一刻來臨時，羽仁男從玲子眉間看到宛如金屬雕刻般深刻的痛楚，原本以爲她不可能是處女的念頭就此推翻。完事後，床單上留下形狀像小鳥般的血漬。

他緩緩橫身躺下，故意不提此事，玲子卻主動對他說道：「怎樣，大吃一驚吧？」

「眞的是吃了一驚。沒想到妳還是處女。」

玲子默默站起身，像後宮的宮女般，一絲不掛的在托盤上擺著甜酒與兩個利口酒杯，朝他端來。

「這樣我就能安心的死了。」

「別說傻話。」

羽仁男略感昏昏欲睡，模糊的應道。眼下他實在不想談生死的問題。

41

接下來玲子開始斷斷續續的說著，內容如下。

「我很想像這樣走進墓穴。但我需要對象。一個最合適，與我很相似的對象。」

玲子說話時，外表與說話口吻截然不同，展現出內向的千金小姐氣質。

「我已在心裡打定主意，不會去喜歡任何人。因爲我要是喜歡上別人，最後便會把疾病傳給對方，對方也太可憐了。就算有深愛我的人，即使被我傳染也無怨無悔，但我能給他的，卻是即將進精神病院的我，那不是很可悲嗎。因此，不管誰誘惑我，我也絕不以身相許。雖然我吃海米那和LSD，但一有危險我就回家。因爲媽媽會溫柔的照顧我，這麼做比較好。

「況且，那些打扮帥氣，但口袋裡只放百來圓的男人，我根本看不上眼。不過，有錢的卻都是一些噁心的中年大叔。

「我一直打算將我的貞操獻給買下我精心打造的墓穴、我的身體，還有我性命的年輕單身漢。此外還有其他條件。對方必須符合以下幾點，他得是個就算被我傳染疾病，也一點都不可憐的人；完全不考慮未來的人；隨時都能和我一起死的人。我想遇見這樣的人，請他買下我的一切。所以我在取得你的照片後，一直珍藏著，很希望能遇見這樣的人。」

「妳到底是從哪裡取得我的照片？」

「你還問啊？眞討厭，打斷人家的話。眞不像你的作風。」

玲子再次避開話題，不想談照片來源的事。

羽仁男伸手環住她的脖子，緊摟著她那顯露不滿之色的臉龐，像哄小孩般說道：「妳聽好了。快從妳那憨傻的夢境中醒來吧。妳還只是個小孩。都已經三十歲的人了，還跟新宿那群小鬼廝混，僅憑著自己的觀念，將這世界染成一片蔚藍，以此爲樂。就算是只有四張半榻榻米大的房間，只要開一盞藍色電燈，一樣會變成藍色。如此而已。即使變成了藍色，也不代表房間就此變成大海。

「首先，妳並沒生病。那是你自己向人撒嬌的幻想。

「第二，妳絕不會發瘋。妳現在所想的事，只是很孩子氣的瘋癲，這樣的瘋癲絕不會讓妳發瘋。

「第三，根本沒必要因爲害怕發瘋而自殺。

「第四，沒人要買妳的命。妳竟然要我這樣的專家買妳的性命，實在冒犯之至。自始至終，我都只出售性命，至於買人性命這種事，我才不幹呢。我可不想那麼墮落。

「聽好了，玲子，買人性命的人，而且是買來供自己用的人，是這世上最不幸的人。可說是置身於人生的谷底深淵，我的客人全都是可憐人。因爲他們是這樣的人，所以我也很樂於讓他們買下我的性命。像妳這種三十歲的小孩，在今晚失去童貞，因自己誤會的幻想而對人生感到絕望，但其實根本還沒走進人生的死胡同裡，像妳這樣的女人，才沒資格買我的性命呢。」

「又沒人說要買你的性命。我只是叫你買下我而已。」

「妳還不懂嗎？我不是買家，是賣家。」

「我也是賣家啊。」

「說這什麼話，妳明明就是個門外漢。」

「少擺出一副專家的樣子。」

「我可是靠這行賺了大把鈔票呢。」

羽仁男吹噓起來。兩人就此噗哧而笑。

42

兩人的生活就這麼展開，過得還算快意。

羽仁男的說教毫無半點功效，玲子還是認定自己有病，並堅信近日就會發瘋，而且悍然拒絕就診。

「如果我因突然發作而發狂，請馬上殺了我，你也跟我一起死。明白嗎？」她成天把這句話掛嘴邊。

羽仁男總是隨口敷衍幾句，但表面上，兩人就像同居的戀人般過日子。當他們連袂出外看電影或散步時，羽仁男都嚴格禁止玲子嬉皮的嗜好，盡可能讓她穿上樣式單純，像是年輕少婦穿的服裝，與自己同行。如此一來，那嗆辣的感覺已從玲子臉上消失，一股微微的氣韻就此萌生。

某個黃昏，兩人到附近的小公園散步。爲了看因昨天的風雨而散落一地的櫻花。公園是面向民營鐵路的一小塊細長空地，一株巨大的老櫻樹，從鞦韆、浪木、攀爬架中間聳立而出。走過像馬鞍般的平交道後，便來到公園門口。今天是堪稱酷熱的豔陽天，昨天那場雨，在公園門前的泥土上鑲嵌了一地的櫻花花瓣。不只是櫻花花瓣，舊報紙也在風雨吹打下，就此攤開嵌入泥土中。

沒聽見孩童們的聲音，說來還眞是不可思議。

公園裡鴉默雀靜，在仍繼續飄落的櫻花中，攀爬架因夕陽餘暉而閃著銀光。

兩人正準備坐向長椅時，猛然發現有個人影坐在椅子型的鞦韆上，在散落的花瓣中，微微搖晃著鞦韆。

是一名個頭矮小的老翁，還規矩的繫著領帶。

羽仁男和玲子坐在長椅上，望著那名感覺有點眼熟的老翁背影，只見老翁從左邊口袋取出花生，用他枯瘦的左手一粒一粒塞進口中，空著的右手則是舞動著手偶。

手偶是以食指伸進它頭部後方，用大拇指和中指擺動它的雙手，它算是大型的手偶，街上販售的都是適合孩子玩的動物、Keroyon青蛙⑬、小丑，不過老翁的手偶不太一樣，它穿著高級色丁布料的紅色晚禮服，而且有豐滿的雙峰，而且頭部有一張像假人模特兒般的摩登臉蛋，連口紅都塗得無比紅豔。

老翁朝飄散的櫻花抬起那具手偶，頻頻嚼著花生，並不時動作拙劣的擺動手偶的手和頭。手偶時而搖頭，時而點頭。老翁似乎很喜歡讓手偶點頭，他讓手偶垂頭良久，然後神情

---

⑬一九六六年起，日本電視台節目的主角，為一隻綠色青蛙布偶。

完足的嚼著花生。這時候的手偶看起來就像是向老翁鞠躬道歉。

看他這個樣子，羽仁男和玲子再也無法輕鬆交談，兩人盡皆沉默。這時，傳來隆隆巨響，是上行與下行的列車交會。

老翁因聲響而轉頭，似乎這才突然發現自己背後有人。在潔淨的衣領圍繞下，他那宛如一根枯骨的頸項，極力往後轉，幾欲就此斷折，與羽仁男四目交接。

這時，老翁流露出恐懼的目光，在鞦韆中站起身，鞦韆反而因此晃動，老翁差點跌落，急忙握住銀色的柱子。

「你果然在跟蹤我。我不是跟你說好了嗎？你終究還是在跟蹤我。」

「你誤會了。」羽仁男旋即了解老翁心裡的恐懼，向他解釋道，「這是偶遇，我也嚇了一跳呢。」

「是嗎？真的是這樣？」

老翁右手拎著手偶，走下鞦韆後，露出狐疑的目光，朝長椅走近。不過，羽仁男身旁玲子清麗的模樣，明顯令老翁安心不少。

老翁站在兩人面前，朝玲子努了努下巴。

「這位女士也是你的客戶嗎？」

「不，我來介紹一下。她是內人。我們結婚了，就住這附近。」

玲子也默默行了一禮。

「哦，那可眞是恭喜啊。」老翁也一臉訝異的說道。「可以坐你們旁邊嗎？」

「來，請坐。」

坐向長椅後，老翁似乎不知該說什麼好，將手偶橫擺在膝上，口中假牙嘶嘶作響。

「你都用假牙嚼花生這類堅硬的東西，眞不簡單。」羽仁男刻意以帶有些許熟稔的口吻，輕鬆的問道。

「我這是特別製作的假牙。不過，呼吸時都會發出聲音，是它的缺點。……我拿出來給你看吧。」

「好啊，謝謝。」

老翁取下手偶，小心翼翼的收進內側口袋後，突然手指伸進口中，一把取出整套假牙。像犬齒般的牙齒，銳利的朝門牙兩側挺出，臼齒則是呈鋸齒狀。

「活像是吸血鬼的假牙。」

中。

羽仁男一臉感佩的端詳著。假牙上到處都沾有嚼碎的花生粉。老翁再度將假牙套進口

「用這種犬齒嚼花生，很輕鬆就咬碎了。」老翁說明道。「還有，這個臼齒是特別製作，讓人永遠都咬得動牛排，直到嚥氣爲止。因爲我的人生，現在除了吃之外，已沒其他樂子了……對了，你現在好像變正經了。」

「是的，託您的福。」

「太教人吃驚了。你做那麼危險的生意，竟然沒喪命，還能平安無事的結婚成家，眞不敢相信。」老翁從內側口袋取出手偶，遞向羽仁男面前。

「我現在都用這種方式和琉璃子在一起。」

羽仁男接過那具手偶，拿在手中，那種輕飄飄，宛如無物的觸感，令他聯想到「亡骸」一詞，心裡微感發毛，所以他馬上便交還老翁手中。細看之後發現，明明不覺得手偶的頭和琉璃子有什麼相像，但移至老翁手上的瞬間，手偶斜向移動時的臉，看起來竟與躺在床上的琉璃子極爲神似，這令羽仁男毛骨悚然。

「眞教人同情。你現在很恨我對吧？」羽仁男說。

「不，才沒這回事呢。我很感謝你。琉璃子命中註定難逃一死，但她死前能遇上你，算是很幸福了。」

玲子突然朝羽仁男的大腿用力擰了一把，羽仁男跳了起來，老翁也大吃一驚，跟著一躍而起。

「怎麼啦？別嚇我好不好。這樣會害我少活幾年呢。」老翁陰沉的抱怨道。

「不過，再也找不到像她那麼好的女人了。就像是在此夕陽晚照下散落的櫻花般。開朗、華麗、而且冰冷、無常……和她溫存過的男人，一輩子也忘不了，會想殺了她也是在所難免。這是可以理解的。去他的法律。我們每個人都背負著所有罪在過日子。況且又不是我下手殺了她。是天譴。她是因天譴而死。」

老翁的自言自語似乎會沒完沒了，於是羽仁男朝玲子使了個眼色，站起身。

「那我們告辭了。我不會打聽你的住處。我們的住處也沒告訴你的必要。保重。」

「請等一下。一下子就好。我有重要的事要告訴你。」老翁站起身，抓住羽仁男毛衣衣角。「你如果以爲性命這東西可以出售，那你就錯了。你已經被盯上。有人正遠遠的監視你。等時候到了，你就會從這世上消失。你自己得多加留神啊。」

43

巧遇老翁後，不知爲何，羽仁男總覺得有事懸心。

他之前從來不相信自己的行爲會在某處畫圓，然後連接在一起。

他出售性命，是只能有一次的行爲，就像把一束花丟進河裡一樣。不該把花束拾起，插在某個花瓶裡當裝飾。花束就應該隨波逐流，看是要沉入水中，還是漂向大海。

——那晚，玲子在房裡顯得特別情深意濃。

事後，她眼中洋溢著清澈的光芒。

「多虧有你，我也許能恢復正常。」玲子以深沉的聲音說道。

「爲什麼？妳不是想把這裡當作歡樂的墓穴嗎？」

「是的，一開始確實是這樣。我渴求有願意買我性命的男人。但我對買家挑三揀四，這樣的我或許既任性又奢侈，不過，能遇上你，是我夢寐以求的事。

「那些評論我的人，之所以覺得我唯一的優點就是有錢，或許因爲我的確是『附家產的千金小姐』。要是我的對象不願意花錢買下我這個『附家產和一身病的千金小姐』，我才不依呢。如果只是出於同情，我絕不會接受。我不允許對方同情我，然後讓他在此白住，然後白白的和我同赴黃泉。」

「妳根本就沒病。」

「你這是在安慰我吧？」

「才不是呢。我只是實話實說。眞無聊。」

「可是，當你知道自己也染病時，不知道會有多怨我，我好擔心。在那之前，要是我突然發瘋，此刻如此溫柔的你，不知會變得多冷淡，甚至還會棄我而去，這一切我都可以預見。只有現在，我才能享受『自己能變正常』的幻想。幻想自己或許能和你結婚、生子、過著快樂平凡的生活。我也只能趁現在了。不過，以前我從來沒想過這種事。」

接著玲子開始娓娓道出她的「粉紅色夢想」，那平凡無奇的幻想，令羽仁男大爲震驚。

玲子成了一位幸福、溫柔的妻子。還懷了一個孩子，雖然最後是剖腹產下，但母子均安，一個像璞玉般漂亮的男孩就此誕生。當然了，打從懷孕前，她就沒再碰海米那和ＬＳＤ了。

「爲什麼是剖腹產？」羽仁男在一旁插話。

「因爲我是高齡產婦，這樣的可能性比較高，不是嗎？」玲子若無其事的應道。

她歡樂的墓穴如今成了全新的家庭，這間茶室做了大幅改造。周遭的樹木被伐去，為了讓陽光能充分照進屋內，面南的開口加大，原本固定擺放一千零一夜限定本的地方，現在改放育兒百科。羽仁男像原本那樣，規矩的出門上班，家裡沒人時，就由狐狸狗看家。蓊鬱的庭院枯山水⑭設計全部拆除，在草皮上裝設鞦韆，草皮周遭是玲子精心栽種的花圃。夏日來臨時，她還為了孩子到百貨公司買「螞蟻之家」回來。

這項新產品是玲子最近在百貨公司發現，一直很想買給她夢寐以求的孩子。

它就像是塑膠製的小屏風，透明的部分塞滿了像白色粗沙般的東西，地上以綠色塑膠裝飾出農家、森林、山丘等景觀，綠色邊框的兩側有小洞，從那裡放幾隻工蟻進去後，牠們便會在外面可以透視的白土上往下挖洞，構築蟻穴。從外頭看，蟻穴一覽無遺。是可以充分滿足孩子好奇心和探究心的玩具。

「怎樣啊，寶寶，有趣嗎？」

「咿呀呀。」

「哎呀，已經五點了。得去張羅晚餐才行。」

「咿呀呀。」

「寶寶，你自己在圈圈裡玩哦。爸爸每天六點十五分回來，所以接下來媽媽要去作菜，趁鍋子煮沸冒泡這段時間，媽媽得趕緊化個妝，迎接爸爸返家。這樣你懂了嗎？要暫時自己一個人乖乖的哦。」

「咿呀呀。」

——玲子如此描繪她的未來生活願景，羽仁男靜靜聆聽，漸感不耐。這簡直就是蟑螂的生活！那些在報紙上攢動的無數蟑螂，牠們的眞面目就像這樣！他就是爲了躲避這些才選擇自殺，不是嗎？

若是再這樣下去，因爲玲子的病只是她個人的幻想，所以和她夢想相同的生活將會在現實中展開。該如何逃脫才好？雖然不合理，但羽仁男現在有點想要相信玲子眞的有病。她會描繪出這樣的幻想，本身就是有病的徵兆。

「不過，這全都是夢想。你是這麼健康（說來著實不可思議，常有女人這樣說羽仁男），所以連我也受到影響，產生這樣的念頭，不過我知道，反正我再過不久就會發瘋。」

---

⑭日本的一種庭園風格。採沒有水的庭院設計，沒有池塘，改以石頭和沙來呈現出山水的風景。

這次羽仁男也沒反對，沉默不語。

在這個小小的歡樂墓穴裡，就算深夜也不是完全與世隔絕。附近坡道轉角處鳴響的汽車喇叭聲，從宛如黏稠大海般的幽暗春夜裡，發出尖銳的聲響，就像飛躍而起的飛魚魚鰭所發出的閃光，在這難以入眠的夜，往彼方疲勞轟炸。無聊、無聊、無聊，有沒有什麼有趣的事？一千萬人只要碰面，就會以這句話代替問候的大都會，呈現出欲求不滿的龐大景象。無數個像浮游生物般在夜裡遊蕩的年輕人，萬頭攢動。人生毫無意義。熱情熄滅。一切的喜悅和歡樂，都像口香糖一樣，嚼著嚼著突然感到索然無味，最後只有吐向路旁，一點都不可靠。……有人以爲錢可以解決一切問題，因而盜用公款。公款這東西，全日本俯拾皆是，閃閃生光。它是存在於任何人都碰得到的地方，而且絕不能拿來用的錢。世上的一切就像公款一樣，只會誘惑你，要是你想伸手拿取，馬上便讓你成爲罪犯，被這社會屏除在外。空有誘惑，始終無法令人滿足的大都會。像這種地獄，正露出森森利牙，埋伏在羽仁男與玲子歡樂的墓穴四周。

也許玲子是個比外表看起來更純潔、更膽怯的平凡女子，她只是爲了保護自己，而發現這個複雜的方法罷了。

羽仁男正如此思忖時，在不知不覺間練就一身居家勤奮習性的玲子，披上睡袍，從床上起身。

「要不要喝杯睡前的小酒？」玲子說。

「好啊。來點甜的吧。有櫻桃甜酒對吧。」

「有，那我也喝這個吧。」

玲子取出利口酒杯，在角落的櫃子處倒酒，接著端著銀盤走來，上頭擺了裝有紅黑色美酒的酒杯。

「乾杯。」

玲子以溫柔的聲音說道，臉上泛著微笑，給人一種「從容赴義」之感。兩人舉杯互相輕觸後，移向唇邊。

這時，羽仁男發現玲子的手微微發顫，急忙一把搶下她的杯子，把酒灑向銀盤上。銀盤立即變黑。

羽仁男也將自己的酒杯湊向鼻端嗅聞後，同樣把酒灑向銀盤。銀盤連飛沫濺到的邊緣都爲之變黑。

「妳為什麼要這麼做！」羽仁男搖晃玲子的肩膀怒吼道。

「因為我自己很清楚。我們現在一起共赴黃泉，才是最幸福的作法。」

玲子伏身號啕。

「我才不要呢。」

羽仁男差點就這麼喪命，心跳無比急促，從未有過這種感受，他盤起雙臂堅決的說道。

「窩囊！你來這裡，不就為了賣命嗎？為什麼現在才卻步。」

「這是兩回事。我不記得我什麼時候賣命給妳。再說了，我還付錢給妳呢，不是嗎？」

「說穿了，你就是不想和我一起死對吧？」

「不要講這種無聊的瘋話。妳自己才要有『賣命的女人』該有的樣子，得更乾脆一點。不管怎樣，我這條命都是我自己的。既然我想照自己的意思出售性命，那我就得做好心理準備後才出售。像這樣受人意志左右，糊裡糊塗的服毒而死，我才不要呢，我不是那種男人，妳可千萬別看走眼了！」

「說你不是那種男人？要不然你是哪種男人？」

經這樣反問後，羽仁男一時為之語塞。

有道理，經她這麼一說才想到，不是「那種男人」的我，到底是「哪種男人」，這問題連羽仁男自己也不清楚。剛才吹鬍子瞪眼說出的那番話，突然像氣球般飄然飛向空中。如果是以前的他，很難想像會說出剛才那番話。他自以為那番話講得合情合理，但細想之後，卻覺得有點古怪。箇中原因姑且不論，剛才他竟然說出類似「我就是不想死」這樣的話來。

難道他已背叛了自己？不論是出售性命，還是糊裡糊塗遭人殺害，結果應該一樣是死才對，雖然他大言不慚的說是要「照自己的意思決定」，但當初之所以開始從事「性命出售」這項生意，不就是因為自殺失敗，而想以被動的方式尋求死亡的機會和方法嗎？原本明明就不是為了賺錢才做這項生意，但委託人卻個個硬塞錢給他。……既然這樣，像玲子剛才的行徑那樣，在不知不覺間死在她手上，正是他夢寐以求的情況；為他安排這種死法的玲子，不正是溫柔、親切、充滿善意，最適合他的女人嗎？

反省的念頭在他腦中來回交錯，但他不願承認是恐懼的悸動仍在胸中喧鬧不已，羽仁男感覺到自己一直在虛張聲勢。

44

那天晚上的事就此落幕，但從那之後，他與玲子的關係頓時變得緊張。對於玲子提供的飲食，他都得存有戒心才行。

「這裡頭沒毒。我已經先試過了。」

雖然玲子開玩笑這麼說，但她也很小心提防羽仁男逃走。

玲子開這種玩笑時，眼中滿含毒意，她再也不說那些溫柔天眞的話語，言談間開始帶有幾分輕蔑的口吻。

「您這麼愛惜性命的人，要是感冒可就糟了。」

「您可得要長命百歲才行啊。」

「我們眞的來養一隻狐狸狗吧。因爲光靠你一個人，我實在不放心。要是眞有危險，你這位騎士恐怕會自顧自的逃命去呢。」

「連一天三餐都得這樣提心吊膽，眞是辛苦你了。我乾脆在你的飯裡頭加些營養劑好了。」

不管羽仁男去哪兒，玲子都如影隨形，而玲子想去哪兒，也都一定會拉羽仁男跟在身旁。

玲子的服裝顯得比之前更加放浪，又開始濫服安眠藥。並陸續發明怪異的設計，她從燈籠得到靈感，作了一套活像是在身體四周套上燈籠般，圓滾滾的紙洋裝，並帶著羽仁男到豔舞酒吧跳舞，跳到酣暢之際，還放聲高喊「我是燈籠。裡頭滿是火。快撕破我！快撕破我。」要其他年輕小夥子撕破她的燈籠，然後全身只穿一件連身襯裙，火熱狂舞。

當她朦朧忘我時，羽仁男本想看準機會逃脫，但玲子似乎直覺異常敏銳。

「你要去哪兒？」

玲子旋即擋在他面前。就算羽仁男上洗手間，她也守在門外。

玲子之前說過，她因爲服藥的關係，有預知和預言的能力，此時她望著羽仁男的臉說道：「你打算今晚逃離我身邊。我不會放你走的。你爲了方便隨時逃脫，把銀行存摺綁進肚圍裡，連睡覺也不離身。這些我全都知道。眞是個貪生怕死的膽小鬼。守財奴。你要是想逃，我就殺了你。你乖乖不逃，反而可以活久一點。如何？因爲我已經瘋了。我之前都不知道，原來發瘋是這麼開心的事。早知如此，眞應該早點發瘋的。」

她在豔舞的噪音中，邊跳舞邊大叫。

某天晚上，玲子突然喊肚疼，要求羽仁男陪他上廁所，不得已，羽仁男只好一起隨行，結果引來其他女客一陣騷動，跑去向老闆告狀，羽仁男就此被老闆揪出店外。

這是最後的機會！

他頭也不回的衝向夜晚的市街。

他盡可能走彎曲複雜的路，走向別人意想不到的地方。由於他跑得又快又急，引來路人側目，而且在這鮮少有計程車的時刻，他連花時間和囉嗦的計程車機司機交涉都怕，所以只能不停的往前走，不敢稍有停歇。

眼下的一分一秒都暗藏危機。

總之，他繞了不少遠路，混進錯綜複雜的屋舍間，在霓虹燈閃爍的小巷間穿梭，踩過老鼠的屍體，撥開拉扯他衣袖的流鶯，想前往能令他安心的地方。

走著走著，來到一處昏暗的三流住宅街，一片悄靜的房舍，在高架鐵路底下形成一處低矮屋簷相連的住宅區。河堤旁有一座垃圾山，路面不僅沒鋪柏油，在欠缺路燈的幽暗中還滿地都是施工後的碎石。

之前可能是因爲只顧著趕路才沒發現，羽仁男以手帕擦拭汗水涔涔的額頭，略微放慢步伐，正準備轉進一旁的巷子時，突然聽見背後有人躡步而行的腳步聲。每當他開始走就傳來腳步聲，他一停步，腳步聲也跟著停歇。

45

他回身而望，不見人影，但每當他開始邁步，腳步聲便又悄悄跟在後頭。

他改變念頭心想，該不會是自己腳步聲的回音吧，他決定不再將這件事放在心上，但就在他即將來到光線較爲明亮的市街時，他才發現之前一直挑暗處走，其實是想早點來到亮處下，而就在他加快腳步時，突然感到大腿一陣刺痛。

這種季節不可能會被蚊子叮。不過，疼痛旋即消失，所以他繼續往前走，終於來到明亮的大路，就此鬆了口氣。

當然了，每家店都已關門。亮晃晃的鈴蘭造型路燈，空虛的照耀著招牌和櫥窗，汽車喧鬧的來往交錯，一個極其平凡的市街。

羽仁男在馬路對面巷口處發現一個座燈式招牌，上頭以白字寫著：「住宿八百圓、休息三百圓。」

確認過四下無人後，他橫越馬路，再次環視四周後，走進巷弄裡。

這家名爲惠光館的小旅館確實是一家愛情賓館，但不知道爲何會在這種地方開設一間這樣的旅館。

玄關屋簷的掛燈光線昏黃，連模樣看來都很柔弱的飛蟻，圍繞在圓形的掛燈四周打轉。打開玻璃門後，看不見櫃台，只有一張寫著「如果店內沒人，請按此鈴」的貼紙，底下有個出現裂痕的黃色鈴按鈕，羽仁男就此按下。

屋內靜靜傳來鈴聲。不久傳來有人絆倒，將東西撞落地面的聲響，有人叫了一聲「好痛」，接著是一串咳嗽聲，一名個頭嬌小的老太太走出。

「您好，要住宿是嗎？」她以眼白偏多的凶悍眼神望著羽仁男說道。

「是的，還有空房嗎？」

羽仁男心想，反正一定多的是空房，但基於禮貌還是這樣問道。

「好一點的房間已經都客滿了。現在明明景氣不好，但唯獨我們的生意特別興隆。我們雖然沒有冷氣等設施，但夏天一樣高朋滿座，因爲我們位於較隱密的地方，所以客人方便進出。就跟當鋪一樣。」

羽仁男聽她這麼說，直覺這裡是供人偷窺的旅館。如果堅持要她提供「好一點的房間」，她肯定會開出五千圓的高價，狠狠敲客人一筆，然後帶至有小孔可以偷窺的房間。就這方面來說，老太太的話術著實巧妙。儘管沒冷氣，夏天一樣客人絡繹不絕，這句話間接暗示了這家旅館的特別服務，此事不言可知。

但羽仁男就只是冷冷的回道「沒關係，給我差一點的房間就行了。一晚八百圓對吧。」

老太太聞言，突然就像把臉上的鐵門拉下一般，臉色一沉。接著領羽仁男來到二樓一處三張榻榻米大，活像貯物間的細長型房間，收下八百圓後，留下一句「棉被在櫃子裡，您要就寢時，請自行鋪床」，便走下樓梯，發出陣陣嘎吱聲。沒有要端茶招待的意思。

羽仁男已疲憊不堪，很想倒頭就睡，所以他想請老太太替他鋪床，但他心想，就算說了，也只是惹來一頓白眼，因而作罷。

宛如車子駛進屋裡般的響聲，撼動著這間細長型的小房間。那是都會夜晚的海潮聲。走廊對面有女人的尖叫聲。但緊接在尖叫聲之後，是像絲線般輕細的嘆息聲，所以羽仁男決定不予理會。空氣中微微傳來廁所的臭味。

天花板的背後應該是煙霧包圍的星空，一想到這裡，羽仁男便以手當枕，仰望那有一大灑雨漬的天花板，感受天神的裝置。吊燈晶光燦然的大會議廳天花板背後，以及這種像老鼠窩似的旅館天花板背後，都有著同樣的壯闊星空。悲慘與孤獨，幸福與成功，在這片星空下完全相同。只要翻個面，不管身在何方，都一定能看到同樣的星空。因此，他無意義的人生也與這片星空緊緊相連。羽仁男也許是棲身於這處廉價旅館裡的「小王子」。

他一把拖出那又溼又冷的棉被，隨便往地上一鋪，他嫌麻煩，本想直接就這樣睡，但因爲覺得很束縛，所以他粗魯的脫去長褲。這時，他感到腿上一陣刺痛。似乎有根小刺隔著長褲刺進他腿裡。他四處找尋那根刺，但始終遍尋不著。藉著燈光仔細查看後，發現有根斷折的尖刺鑽進皮膚裡，形成一顆黑點，雖沒出血，但感到隱隱作疼。

46

他想入睡，但輾轉難眠。玲子的臉浮現腦中，一面凝睇著他，一面把手指伸進「螞蟻之家」裡，抓起兩、三隻螞蟻，撒到他臉上，這個幻想不斷襲擾著他。不久，大腿漸感疼痛，似乎開始發燒，整條腿變得又燙又重，益發難以入眠。

一早他便離開惠光館，拖著疼痛的腳，找尋清早就開店的藥房。開門的藥房態度冷淡，所以他沒讓對方看傷口，直接便買了軟膏和抗生素，到附近的咖啡廳自己動手抹藥。抹完後心情好轉些許。

他心想，這麼一來，也許得找家大飯店，裝模作樣的過生活，才能擺脫玲子的追蹤。他決定找個地方買些上好的成衣和旅行用手提包。那得先等銀行開門才行。

——到了近午時分，才抵達K飯店落腳。

眼前是間視野不錯的房間，他躺在鬆軟的雙人床上，想補償昨晚失眠的疲累。感覺腿部的疼痛已舒緩許多，他想在亮處換藥，於是便在窗邊的亮光下仔細檢查傷口。

那是五月某個美麗的下午。一片片雲朵悠閒的浮泛在高速道路上空，無數輛宛如火柴盒小汽車般的車輛，靜靜行駛在高速道路上。一切看起來都顯得明確而客觀。話說回來，他會覺得有人在跟蹤他，其實只是因爲受玲子影響，而產生無謂的幻想罷了。

這時，某個記憶從腦中甦醒，緊緊束縛他的心靈。「玲子說她透過照片看過我的長相。我的臉部照片是從哪裡，透過什麼途徑散播出去的呢？」

不過，爲這麼莫名其妙的事煩心，證明他怕死。倘若不怕死，心中應該就不會有不安的種子。拒絕非出於自己所願的死法，與貪生怕死，應該不一樣吧。

在明亮寂靜的光芒下，羽仁男仔細檢查自己裸露的大腿。他拭去先前塗好的藥膏，定睛細看那半截斷刺。

雖說是刺，但它的形狀相當完整。它的黑也不是木質的黑，而是像一根鐵絲，那紡錘形的外觀，看起來比昨晚更厚。似乎扎得相當深，難怪會化膿。

他試著多方回想，但始終搞不清楚是在哪裡刺傷。之前曾爲了躲避近逼的腳步聲，而靠向垃圾桶，難道是那時候被釘子刺傷？不，他確定是在行走時被尖刺刺傷。走路時會被尖刺刺傷，實在難以置信。他再仔細回想，發現自己被刺中時，彷彿聽到咻的一聲，像是羽箭劃破空氣的聲音。但那也許是自己的錯覺。

這時，羽仁男突然獨自笑了起來。

他這般愁眉苦臉，顯示他正深受不安的折磨。之前每天讓女吸血鬼吸他的血，他也沒因此感到一絲不安啊！

仔細想想，他已許久不曾有這種活著的感覺，也就是不安的感覺，幾乎都給忘了。這不就證明，羽仁男正在不知不覺間恢復原本的「生命力」嗎？

「要是傷口惡化就得看醫生。就這麼回事。」

他心裡這麼想，重新抹好藥，吞了抗生素藥錠後，舒服的進入夢鄉。

當他一覺醒來時，四周一片漆黑。他感到飢腸轆轆，本想到餐廳去，但想到要是被人發現那可不妙，他只好就此作罷。自己確實是在畏懼些什麼，但當他意識到自己來到人們面前，會很在乎別人的眼光時，他害怕心中的畏懼完全呈現。我不是出於畏懼，而是出於自己的意願，只要在房裡用餐就行了。不必顧慮任何人。我有的是錢。

他利用客房服務點了菲力牛排、華爾道夫沙拉⑮、一小瓶葡萄酒，當羽仁男看到服務生推著餐車走進房內時，他忍不住窺望服務生的表情。

這名服務生臉上有拼命擠青春痘所留下的痘疤，神色倨傲，身材高大，但沒有證據可以證明他沒與某個組織有掛勾。人們全都有自己所屬的組織，密謀殺害絕對孤獨的人。

餐點可口，葡萄酒甘醇，但羽仁男在這漫漫長夜裡看著電視，遲遲無法入睡，為此深感

---

⑭ 一八九三年於紐約華爾道夫飯店設計出的一款沙拉。典型的作法是以核桃、葡萄乾、蘋果、芹菜，加美奶滋攪拌而成。

困擾。全是先前那頓午覺害的。電視播畢後，他望著晶亮的灰色映像管，上頭突然浮現不知是琉璃子、玲子，還是吸血鬼夫人的臉，好像要和他說話一般，但螢幕映照的畫面，始終都像是閃亮沙漠的一隅。

到了半夜兩點，他這才打了個哈欠。

他緊抓住這個哈欠，決定上床睡覺，就此走向洗手間，這時，有人輕敲房門。

羽仁男一開始心想「咦，是客人上門嗎」，但不可能有客人到這裡來買他的命。首先，報紙廣告早就撤了，而且沒人知道他以假名投宿這家飯店。

那麼，會是誰呢？

對方再度敲門，這次聲音較爲響亮。

羽仁男拿定主意，用力打開房門

走廊上站著一名身穿風衣，頭戴軟帽的男子。

「您哪位？」羽仁男問。

「您是田中先生嗎？」男子問。聲音粗獷帶有磁性。

「不，我不是。」

「這樣啊。抱歉。」

但對方的說話語調很單調，沒帶半點歉意。他就此轉身從走廊上離去，羽仁男目送他離去的背影，關上門，心跳愈來愈急。

「看他的問話方式，還有離去的模樣，絕不尋常。他們終於找到我了。明天再搬往別的飯店吧。」

他如此暗忖，把門鎖上，準備就寢，但已無法入眠。

腿的疼痛似乎已舒緩許多，但他總覺得剛才那名男子還在房外徘徊。先前出售性命時，明明天不怕地不怕，但現在就像抱著一隻貓睡覺般，那溫熱、毛茸茸的恐懼，緊緊揪住他胸口，還豎起了利爪。

47

隔天一早，羽仁男馬上辦理退房，拎著一只空皮箱，又躲進另一家大飯店的住房裡。

因爲不想到街上去，所以他整天都無所事事，靠看電視打發時間。因爲缺乏運動，連帶食欲欠佳。

夜幕漸深，飯店益發悄靜，不安愈來愈濃，不斷在心頭堆積。他想逃離這裡，但他很確定，就算逃出這裡，那來路不明的腳步聲又會緊跟在後。

這種等候某事發生的心情，同樣也是羽仁男已許久不曾體驗的感覺。在等候客戶前來買他性命那段時間，他一直在浪擲自己的時間與人生，所以任何事都不會令他煩心。但此刻，猶如等候戀人般，等候那來路不明的事物前來，這種心境使未來化為沉重的實體，讓他第一次有這樣的體會。

半夜兩點，走廊好似醫院裡通往停屍間的長廊。他打開一道小小的門縫，往前窺望，確認沒半個人影。只有後方的電梯前，一張紅色的皮椅在朦朧燈火的照耀下散發著光澤。

半夜兩點半，又有人敲門。羽仁男沒開門，對方又敲了一次。

羽仁男猶豫再三，最後還是選擇開門

眼前這名男子和昨晚不同人，身穿條紋西裝，身材矮胖。

「您哪位？」

「您是上野先生嗎？」

「我不是。」

「抱歉。」

男子恭敬的低頭行了一禮，緩緩朝電梯走去。

羽仁男把門鎖好回到床上，心中忐忑。

這時，大腿又微微一陣痛楚遊走。羽仁男突然腦中靈光一閃。

「原來如此，可惡，原來是這麼回事。」

他在燈光下找尋傷口，急忙擦除上頭的藥膏，以手指抵向傷口，並以很勉強的姿勢把耳朵湊上。從那黝黑的斷刺處傳來若有似無的震動。有人朝他的大腿射進極細小的無線電收發機。這麼一來，任憑他逃到天涯海角，也能掌握他的行蹤。

他連忙用指甲想把刺摳出，但它深深嵌進肉裡，拔不出來。在他忙著拔刺時，逐漸恢復了理智。

「對了。現在硬拔也沒用。我住這裡的事，對方已經收到訊號，他們會前來查證。等明天早上我離開這家飯店，再把刺拔出，然後隱匿行蹤。拔完刺，得先去醫院一趟。與其請醫生拔刺，引來猜疑，不如自己拔，之後再請醫生治療，這樣才是明智之舉。」

拿定主意後，便睡得安穩了，到了隔天早上，他心想，早餐用的一般刀子不易劃開皮肉，所以特地點了一份他一點都不想吃的牛排，然後用火柴燒烤那把鋒利的切肉刀，拿它抵向自己大腿。

一刀刨下後，用力往外一挑，一條細細的鐵絲連同湧出的鮮血一同迸出。

48

醫生看了羽仁男的傷口後，微微皺眉。那是一位鼻粱看起來很冰涼，顯得自信十足的年輕外科醫生。

「這是什麼傷口啊？像是以刀子刨出的傷口。如果是和人鬥毆所造成，我們得先報警。」

「沒錯，是用刀子刨出的。但是我自己動的刀。」

「這又是爲什麼？」

「我被生銹的鐵釘刺傷。因爲擔心會造成破傷風，所以就自己處理了。」

「外行人就是愛多慮。」

醫生沒再多問。他進行縫合準備，替羽仁男施打局部麻醉。打針很痛，但羽仁男想到自己現在待在這家小醫院的事，還沒被「他們」發現，就覺得無比心安。白牆、擺滿整排手術刀的櫥櫃、裝有消毒液的鋁盆，完全沒半點家庭的氣氛，但沒讓人知道自己此時的藏身處，讓他能毫無牽掛的好好歇息。

羽仁男闔上眼。他已感受不到疼痛，感覺就像醫生在縫合他身上穿的那條硬邦邦的皮褲一般。

——醫生命他一個禮拜後再來拆線，羽仁男此步出醫院，他心想，自己應該不會再到這家醫院來了。如果是拆線，隨便找一家外科醫院，他們都肯收吧。

在亮晃晃的日照下，羽仁男基於最近養成的習性，一面提防有人跟蹤，一面沿著屋簷走，來到轉角處總會特別小心留神。

接下來改到別的地方吧。

逃離東京是最好的辦法。說到動機，他再也沒必要欺騙自己，這明擺著是出自「對死的恐懼」。

49

連自己都不知道接下來會前往何方，再也沒有比這樣更安全了。

麻醉退了之後，他拖著疼痛的腳，前往池袋，在S百貨公司裡四處逛賣場。夏天的紳士服、襯衫、冰箱、竹簾、圓扇、冷氣機，全都在迎接即將到來的夏天，眼下這個還沒進入梅雨季的時節已完全被晾在一旁。無數的商品，都在暗示著會買走他們的各個小家庭和小家族。一想到這裡，他便覺得快要喘不過氣來。爲什麼人們這麼想活下去？沒暴露在死亡危險下的人們，卻想要活下去，這樣的情感不是很不自然嗎？想要活下去，而不會讓人覺得難以置信的，應該只有像他這樣的人才對。

他坐上西武線，漫無目的，望著郊外的原野景致發呆。他覺得車上的乘客全都知道他，卻又裝不認識，心裡感到陰森可怕。不論是手拉吊環，一副像是全學連一員的大學生；站在他身旁，身穿制服，充滿日本古典美的女學生；還是體格四四方方，很像是以前軍中士官的中年男子，他們偷瞄羽仁男的眼神，感覺就像是站在派出所前看通緝中的殺人犯照片。

「那個男人就在這裡。我先暫且裝不知道，等到了下一站下車，就跟站務人員通報。」

他們彷彿從羽仁男的臉上發現社會公敵的影子。

五月溫熱的空氣，與車內人們的體味摻和在一起，令羽仁男感受到睽違許久的「社會生活」，一股令人難以忍受的氣味。他確實很想活下去。但曾經脫離過這個社會的人，有勇氣再度走入那熏人的惡臭中嗎？這社會因爲每個人都沒發現自己身上的氣味，才能順利的營運。大學生整整一個禮拜沒洗的襪子臭味、女學生甜膩的腋下氣味，以及帶有厭世意謂，特色鮮明強烈的「處女氣味」、中年男子那宛如黝黑煙囪般的氣味……每個人竟然都毫無顧忌的散發自己的氣味。羽仁男試著將自己想像成是無味無臭的人，但他沒什麼自信。

他買的車票是坐到終點站飯能，所以他能隨心所欲，愛在哪站下車都行，但他突然在意起是否會有人跟蹤，心想，如果突然在某一站裝出要下車的樣子，或許有人也會急急忙忙跟在後面下車，於是他趁即將發車時，衝向車門。

他並沒下車，而是突然停住，一名留著鬍子，活像狐狸的清瘦男子，原本神色匆忙想和他一起下車，但羽仁男突然停住，他也就此下不了車，車門硬是在他面前闔上。一直到下一站爲止，男子始終都瞪著羽仁男瞧，令他有點難受，但對方挑明著以敵意瞪視，這樣他反而輕鬆許多。

在飯能下車後，一起下車的乘客盡皆散去，羽仁男鬆了口氣，來到空蕩的站前廣場。一張大大的健行路線地圖映入眼中，但此時的他已形疲神困，不想再走。

站前有家外觀寒磣的旅館，羽仁男站在玄關處，對方見他服裝整齊，旋即招呼他進門。

在二樓房裡，羽仁男打開壁龕旁的圓窗，一直靜靜望著天空，直到夕陽西下。飯能是一處平坦、充滿散文氣息的市街。藍天靜靜的轉換色調，成了黃昏景致。這時，他發現有隻蜘蛛從屋簷垂降而下。

蜘蛛的絲線在夕陽光影下閃耀光芒，一路垂吊至羽仁男面前。

那是隻小蜘蛛，連輪廓都看不清楚，宛如由黑色的毛線屑揉成，垂吊在像是尼龍線般的絲線前端。羽仁男即便不想看，牠還是映入眼中。這時，蜘蛛就像在對他說「我接下來要表演馬戲特技」，開始以身體擺蕩，像鐘擺般搖晃絲線。

「別在我面前做這種奇怪動作。」

羽仁男茫然的思忖著。不久，鐘擺的振幅愈來愈大，蜘蛛也逐漸變大。正當他心想，蜘蛛的形狀變了，旋即化爲一把銳利的斧頭，蜘蛛絲也化爲閃著銀光的粗繩，斧頭發出劃破空氣的聲響，斧刃白光閃亮，朝他臉部襲來。

羽仁男伸手掩面，仰倒在榻榻米上。當他回過神來時，圓窗上已不見那隻蜘蛛，只見新月正掛在圓窗中央。也許是新月的形狀看起來像斧頭的緣故。

「難道我頭腦已經不正常了？」

這念頭剛從腦中掠過，他旋即想到玲子的病，不禁為之戰慄。

50

然而，之後什麼事也沒發生。

羽仁男想了解自己此時所居住的環境，因而到外頭散步，但這市街根本沒半點看頭。做泡澡桶的店、糖果屋，面向規劃得整齊劃一的寬廣道路，往外挺出深長的屋簷，而四周為木柵欄包圍，沒半點風情可言的住宅，同樣一間接著一間，沒完沒了。感覺像是一群沒幹勁的人所住的市街，但這樣反而令他安心不少。

某天傍晚，他在某個行人稀少的地方散步，當他從道路走向一處像馬鞍般高高隆起的小平交道時，突然一輛卡車越過平交道疾衝而來。

它通過平交道上時，看起來無比巨大，令人震懾。羽仁男心存敬畏的望著它，在四周塵埃密布的晚霞輪廓襯托下，卡車一時之間恍如化爲一個巨大的蠻族頭盔。

卡車越過平交道，經過一個彈跳後，筆直的朝站在空蕩道路上的羽仁男直逼而來，羽仁男就像身處惡夢，急忙往一旁躍開。他逃往道路的另一側，卡車也跟著他衝來。這一帶沒有商店可以讓他衝進去求救，只有樹籬和簡陋的木板牆一路綿延。他往左逃，卡車就跟著往左，他往右逃，卡車就跟著往右，就像有一半出於好玩，展開獵人遊戲般，卡車緊追在後。擋風玻璃猶如貼著夕陽景致般，微微映照著雲朵，看不出司機的臉。

羽仁男沒空細看車牌號碼，便逃進小巷弄裡，他心想，這樣卡車總進不來了吧，結果卡車竟放慢速度，緩緩駛進。

羽仁男後方只有一扇緊閉的老舊石柱門。卡車已緩緩逼近，來到只剩咫尺之遙，接著突然倒車，像一塊黑鐵怒濤退潮般，從小巷弄裡退去。

強烈的悸動持續了半晌，羽仁男就此癱坐在地。之前與吸血鬼夫人一起散步時，那種因貧血而昏倒的感覺，是一種言語難以形容的痛快喪失感，但此時的恐懼，卻是他有生以來未曾體驗過的感覺。

51

羽仁男不想回旅館，吃那難以下嚥的晚餐。飯能已非他能安心棲身之所。

目送那輛卡車遠去後，羽仁男心想，至少該先回到光線明亮的商店街，就此來到那滿是塵埃、井然有序的市街上，但四周滿是行人，活像是突然湧出似的，反倒令人感到可怕。

這裡雖說是商店街，但有的也只是市街外郊老舊又沒半點生氣的店家，在塵埃密布的櫥窗裡雜亂的堆放運動鞋販售。就像是從收容所成批的死者那裡蒐集來的鞋子般，有的是將鞋子的橡膠鞋底貼向玻璃，有的是邋遢的垂放著鞋帶，有的則是被整個壓扁，層層堆疊。

儘管如此，這市街還是不約而同的亮起路燈，明亮的蔬果店和魚店前聚滿了人潮。

羽仁男聽見像蜜蜂般懷念的嗡嗡聲。它帶有音樂般的溫暖，並暗藏著一絲難以言喻的鄉愁。

聲音的來源是一家小型的木工店，半開的門內可以看見明亮的木屑顏色，以及圓形的電鋸發出的亮光。木板門上寫著「小盒子、書箱，任君指定，木工現做」。

羽仁男記下這家店，走了一會兒，發現一家鐘錶行。它同樣也是完全不跟流行走，彷彿生活在舊時代裡，於是羽仁男心情輕鬆的走進店內。

「我要買錶。」

「是，我們是鐘錶行，所以只賣鐘錶。您要什麼樣的錶？」

有著白胖臉蛋的老闆娘出來接待，如此詢問。

「請給我一支馬錶，盡可能聲音大一點。」

「不知道有沒有這種馬錶耶。」

羽仁男最後買了一支廠牌從沒聽過，而且樣式老舊，感覺很像明治時代運動會使用的馬錶。按下錶冠後，秒針如實的發出像在提醒人似的聲響。

他拿著那支馬錶，回到剛才路過的那家木工店。

「不好意思，我想買個小盒子，可以馬上就做好嗎？」

「我現在剛好有空，沒問題。」

一名年近半白，身材清瘦，十足工匠模樣的老闆，也沒看他，逕自這般應道。

「請幫我做一個用來裝這支馬錶的木盒。」

「哦，這個是嗎？你是要把它裝進木盒裡送人嗎？鐘錶店好像也賣那種木盒呢。」

「不，我要的木盒比較特別一點。感覺不出裡頭放的是馬錶，而且要略微大些，請盡可能做得簡陋一點。還要把錶盤和其他部分全隱藏起來。」

「這樣還有錶的功能嗎？」

「請別問我理由，照我的吩咐去作就行了。只讓錶冠從洞口露出，其他部位則是完全封閉，外頭塗上黑漆。」

「看不到錶也沒關係對吧。」

「沒關係。只要聽得到聲音就行了。」羽仁男冷靜又有耐性的加以說明。

馬錶就此固定在毫無設計感可言的木盒裡，只有錶冠從小小的洞口露出。不久，木盒粗糙的木紋被黑漆毫不客氣的塗去。從外觀上完全看不出這是什麼，但一按下錶冠，便會清楚的透過木盒傳來滴答滴答的聲響。

「這樣就行了。我終於有了自衛武器。」羽仁男在心中低語。

——要將它放進外衣口袋裡，略嫌大了點。但羽仁男總是隨身帶著它，只要有它在，便感覺安心不少。一按下錶冠，馬錶便會在口袋裡誇張的發出秒針移動的聲音。

「我那麼小心提防，來到這麼平凡無奇的鄉下地方，還是被他們給盯上，既然這樣，不管去哪兒都一樣。」羽仁男已下定決心。

雖然心中的恐懼並未消失，但倒也平安無事的過了一段時日。每天早上醒來，發現自己還活著，他都覺得難以置信。而先前蜘蛛那類的幻想，後來沒再出現過，他對此頗爲心安。

能登車站前常有健行客路過，外國來的健行客則相當罕見。某天，羽仁男到車站買菸時，一名年近五旬、舉止優雅的白髮洋人，戴著一頂綠色窄邊登山帽，身穿格子花紋的燈籠褲，恭敬的摘下帽子向羽仁男問路。

「請問一下，羅漢山怎麼走？」

「哦，羅漢山是吧。你走過商工會議所前面後，往右轉，到了警局後左轉，走到公會堂之後，就在它後方。」

羽仁男已經能像當地居民一樣回答。

「這樣啊。謝謝您。不好意思，您要是能帶我到那附近，我會很感激您的。至少希望能帶我到我認得的地方。我對地理一竅不通。拜託您幫個忙。」

羽仁男正巧無事可做，於是他心想，這名紳士看起來人品不錯，替他帶路倒是無妨。那名洋人仰望天空說道「眞是好元氣啊」，羽仁男向他糾正道「你應該是想說天氣吧？」羽仁男甚至展現這樣的親切態度。

商工會議所旁剛好形成遮蔭處，停了兩、三輛車。當中有一輛是黑色進口車，擦得光可鑑人，美得眩目。

「這輛車眞不錯。」

洋人像要摸那輛車似的，行經車身旁，神色自若的打開車門，羽仁男一時懷疑起自己眼花。

「上車吧。」

洋人像在低聲喝斥般，如此命令道。手中握著一把手槍。

52

雙手受縛的羽仁男旋即被戴上墨鏡，車子就此駛離。

那是一副帥氣的墨鏡，兩側有三角形的鏡窗，就算往兩旁斜視，要看景物還是得透過遮光玻璃。這麼一來，便無法看到外頭的情形。外觀看起來是墨鏡，但其實背面塗上水銀，換言之，羽仁男現在眼睛看不見外面。可能是爲了不讓他知道目的地。

車子是由那名頭戴窄邊登山帽的英國人駕駛。不過車內並非只有他和羽仁男兩人。羽仁男一被推進車內後座，就有一名男子起身迅速替他戴上墨鏡，而且以槍口抵向羽仁男側腹，坐在他身旁。於是羽仁男根本無暇注意此人是何長相。

三人不發一語，車子靜靜行駛。羽仁男心想，我會在哪裡被他們殺害呢？但傳入耳中的，淨是車上廣播傳出的輕快爵士樂，令他很難把這件事想得過於嚴重。

當初他刊登「性命出售」的廣告時，便已選擇這種橫死的命運，所以這也是沒辦法的事。這種處之泰然的想法，像濃烈的胃酸般燒灼他的胸口，先前四處逃命時感受到的死亡恐懼，突然全飛到九霄雲外，令他頗感詫異。

之前對死亡的恐懼，到底是什麼呢？之前感覺死亡緊追在後的那段時間，就算極力不去正視它，恐懼還是主動浮現眼前，就像一座矗立在地平線上，黝黑又巨大的神祕煙囪，巍然而立。但現在那座煙囪已消失得無影無蹤。

在飯能的一家外科醫院拆完線後，已不再感到疼痛的大腿一帶，仍留有當時的恐怖記憶。對人類來說，最可怕的果然還是不確定的事，一旦想通「原來是這麼回事」，恐懼似乎就會馬上被沖淡。

身旁的男子可能是想確認他手銬是否鎖好，多次神經兮兮的碰觸羽仁男的手，從他碰觸的部位感覺到毛茸茸的體毛，很像是外國人的手，隔著衣服，也嗅得到一股甜膩的體臭，如同摻雜了韭菜和瓦斯的氣味，這令羽仁男更加確定他是個洋人。

車子多次左轉，何時駛離柏油路，穿越幾個平交道，起初羽仁男都很冷靜的細數，但過沒多久，他便發現自己的努力只是徒勞無功。如果只是短短的車程，多少還猜得出對方的目的地，但他們開了兩個多小時的路，這當中有不少柏油路，從這點來看，似乎不是打算將他帶到深山幽谷射殺後再推落谷裡，也許是要前往東京。

不久，車子駛進一條凹凸不平的道路，一陣搖烈搖晃，而且正在爬一處陡坡。已開始起風，可以感覺到四周已是昏黃暮色。

車子終於停下，這時，羽仁男心中反而興起一陣不安，覺得自己就算會被殺害，恐怕也還得再等上一陣子。羽仁男被帶下車，走在沙石路上，他知道自己正走進一棟洋房。之所以知道這是洋房，是因爲腳底清楚傳來踩在地毯上的觸感。

53

……羽仁男此時人在地下室。空蕩蕩的冰冷水泥地上，擺了幾張椅子以及簡陋的桌子。他坐在其中一張椅子上，雙手受縛，擺在前方，墨鏡已被摘下。

房裡連同剛才同車的那兩名男子在內，一共有六名男子。他認得當中的四人。有三人是之前以金龜子製藥作實驗的洋人，年近半百的亨利今天沒帶那隻臘腸狗。還有一位第三國人，頭戴貝雷帽的中年男子，羽仁男就算想忘也忘不了，他是包養琉璃子的那名情夫，腋下還夾著一本大素描本，和當時一模一樣。

這名頭戴貝雷帽的滑稽中年男子，朝羽仁男遞了根菸，親切的爲他點火，坐向他身邊。其他五人則是各自在自己的座位上時站時坐，一直靜靜注視著羽仁男，而與他同車的那兩名男子，則是槍口對準羽仁男，隨時準備開槍。

「那麼，我就開始訊問吧。」

第三國人以緊迫盯人，而又莫名溫柔的聲音說道，他的聲音形成回音。

「首先，你要是能承認自己是警方的人就好了。」

這句晴天霹靂的話，令羽仁男大爲驚詫。

「爲什麼我會是警方的人？」

「你再怎麼狡辯也沒用。你接下來慢慢就會說出自己是警方的人了。

「你聽好。之前爲什麼一直沒收拾你，讓你在外頭逍遙這麼久，今天在此說個明白，是最快讓你招認的方法，所以我這就講給你聽。我向來都喜歡用溝通、和平的方法，至於殺人，則都是派別人去做。

「第一次看到你在報上刊出『性命出售』的廣告時，我就覺得可疑，於是派我底下一名老頭去找你。

「我這就讓你們見面。他也很想見你。喏，進來吧。」

第三國人雙手一拍，掌聲如雷。

從羽仁男剛才被帶進的那扇門對面，走出那名老翁。他眨了眨眼，遠遠便傳來嘶嘶的聲音，以眼神向羽仁男致意。

「不好意思。」

一聽他這麼說，那位中年的第三國人道：「你不必多話。今晚我很期待能以羽仁男老弟的死狀做素描，所以我帶來了素描本。爲了想畫你各種姿勢的素描，拜託你要以各種姿勢努力扭曲掙扎之後再死。

「這樣你比較明白了吧？

「說到我爲什麼會注意到那則廣告，是因爲我知道警方正暗中追查我們這個組織。但始終掌握不到線索。只要刊出那樣的廣告，派出像你這種不怕死的情報員，肯定就能查探出什麼祕密，警方會這麼想也是很理所當然的事。所以我才特別注意那則廣告。

「之後我讓你和琉璃子見面。琉璃子已經知道太多組織裡的祕密。若再這樣下去，不知道她會對別人說出多少關於ＡＣＳ的事。所以我原本就預定要殺了她。在殺她之前，讓她和你見面，然後再下手。因爲我料想，只要那麼做，你一定就會馬上和警方聯絡。

「但你眞的很聰明！聰明得驚人！你的小心謹愼令我驚訝。本以爲讓你活著離開琉璃子的公寓，一定就能掌握你取得情報的方法以及向警方報告的方式。當然了，我還偷偷留下你的大頭照。

「這本素描本同時是一台相機。你看。」

第三國人出示素描本的封面。SKETCH・BOOK裡的兩個O，設計成一雙眼睛，一隻眼圓睜，一隻眼眨眼送秋波，那隻圓睜的眼睛裡有鏡頭。經這麼一提才發現，封面確實頗厚。

「你裝作毫不知情，完全沒跟警方聯絡。

「你與老鼠玩偶一起晚餐時，我看準事有蹊蹺，但事後調查，老鼠玩偶裡並沒有暗藏無線電發送器。

「你始終都沒被人逮到狐狸尾巴，實在很聰明，令我大為驚訝。

「於是我又派出另一個女人。她也是組織裡的女人。想藉此把你引來，讓你吐實說出眞相。但那老處女似乎迷上了你。竟然代你而死。

「處理屍體是件麻煩事，但如果是自殺就好辦多了。於是我和這位亨利先生討論後，又放了你一馬，讓你繼續在外頭逍遙一陣子。

「我早晚都得殺了你，但只要拿你當誘餌，應該可以多逮到幾名警方派出的間諜才對。可是你眞的很聰明，始終沒露出破綻。

「不久，你勾搭上那名女吸血鬼。我們開始認為，你也許眞的只是個一心尋死的怪人，之前的懷疑是我們自己多慮了。我們就此興起很蠢的念頭，希望你能早點被那個女吸血鬼吸乾，就此喪命。這麼一來就萬事太平了

「但事情沒那麼順利。

「那是你拼了命設下的障眼法對吧。你眞是位優秀的間諜啊。

「之後你做了些什麼，我一清二楚。你巧妙的假裝自己腦貧血，就此住院，在住院時趁我們放心而疏於監視時，幹起你的老本行來。」

「不，那是……」羽仁男急忙反駁。

「你辯解也沒用。因爲ACS與B國素有聯絡。B國自從發生那起紅蘿蔔密碼事件後，便把你的名字列進日本警方間諜的名單裡。

「你在那種地方幹你的老本行，眞是失策啊。你的眞實身分就此完全曝光，露出了馬腳。你這個大傻瓜！」

第三國人溫柔的笑著，將削尖的筆尖刺向羽仁男咽喉。

「之後，爲了查探你同伴們的活動，我們認爲馬上抓住你，讓你供出一切後再殺了你，是最好的做法。

「但我們一時安心鬆懈，就此失去你的行蹤，害我們一陣心慌。我是說眞的。我們好慌啊。要是就這樣放著不管，我們可就危險了。我眞的是這麼想。

「所以我手中握有你的照片，並複製了許多張。反正你一定常在新宿那一帶的老巢遊蕩。於是我將照片發給我們組織底端那些賣ＬＳＤ的人，讓他們去找尋。

「他們向許多放浪女打聽——這個人是刊登『性命出售』廣告的怪人。妳認識他嗎？但始終查無所獲。你雖然四處拈花惹草，卻很謹愼小心，那些女人都不知道你的住處在哪兒，而且你後來還搬離那處公寓。

「東京有一千萬人口，還眞教人束手無策呢。

「一個知道ＡＣＳ祕密，像跳蚤一樣的男人，就躲在這千萬人口中，實在不知道該如何揪出你來。

「不過羽仁男老弟，這世界果然是有老天爺的存在。老天爺絕不會棄我於不顧。

「老天爺喜歡看人類組成祕密組織，爲了這樣的組織，祂會鼎力相助。

「因爲ＡＣＳ是源自於洪幫，所以洪幫的神這次也助我們一臂之力。也就是鴻鈞老祖。你知道嗎？

「當初長毛賊作亂時，前往淮揚討伐賊軍的曾國藩部隊中，有名林姓軍官。此人不善打仗。他率領數千名士兵上戰場，但屢戰屢敗，引來曾國藩震怒，論罪問斬。

「林氏得知後大驚，與十八名部下一起逃脫，拼了命的逃。他們馬不停蹄，然後某天深夜，他們發現一座古廟，就此在廟裡借住一宿。不久，感覺廟門外無比喧鬧，傳來大批人馬湧近的聲音。他們心想，大事不妙，每個人紛紛拿起武器備戰，結果發現來的不是追兵，而是附近的村民。

「村民們說：『剛才村裡突然發出巨大的聲響，我們走出屋外一看，發現有條巨大的火龍在空中翻騰，牠渾身紅光，將四周照得亮如白晝，然後就此落入廟中。我們猜想，一定是有貴人在此廟中投宿，因而特地前來拜見。』

「林氏鬆了口氣，詢問村名後，大爲吃驚，原來此地名叫寒村，與他之前逃脫的軍營相隔有六、七百里遠。他們不過才跑了數小時之久，有可能逃到這麼遠的地方來嗎？

「這　切全是神明相助，林氏望向這座廟的匾額，上頭寫著『鴻鈞廟』。

「這麼說來，應該是鴻鈞老祖出手幫助他們，於是隔天，林氏備齊香燭紙帛、三牲、水酒，在神前酬謝。

「日後他們全成了義賊，劫富濟貧。這就是洪幫的起源。

「有點離題了，不過，就是因爲這個緣故，我也向神明祈禱。

「結果，這個老頭在公園巧遇了你。

「眞是天助我也。所以我開始派人跟蹤你。」

「一點都沒錯。」

一樣穿著整齊的那名老翁，恭敬的低頭行了一禮後，望向羽仁男，一臉歉疚。

「原來如此，這麼一來我明白是怎麼回事了。不過，我和警方一點關係也沒有。你們實在太迷信了，以爲所有人都隸屬於某個組織。我不知道什麼洪不洪幫的，不過，得打破這樣的迷信才行。這世上也有追求自由，不屬於任何組織的人。自由而生，自由而死。」

「趁你還能說話，愛怎麼說就怎麼說吧。不過，沒想到日本警方的間諜也會講這種好聽話。看得出現在警方的教育進步不少。

「我的話還沒說完呢。

「射進你大腿的無線電收發機被你取出後，又讓你給溜了，我們傷透腦筋。

「你眞的很會逃。嘴巴上說你要出售性命，但我從沒見過比你更貪生怕死的人。不過，一切也都到今夜爲止了。

「你逃到飯能後，知道我們是怎麼查出你的下落嗎？

「我們蒐集日本全國的旅館資訊，經營一家旅行社。替旅館介紹客人。以蒐集房客的情報作交換。我這家旅行社待客親切，而且服務周到，頗獲好評，旅館對我們也很滿意。要是有什麼古怪的客人在旅館裡長住，我們馬上就會接獲通報。

「我們仔細調查各地旅館。查探有無單身、和你差不多年紀、在旅館裡長住的房客。

「我們逐漸縮小可能範圍，後來猜測你可能是在飯能的車站前，果然被我們猜中了。眞是走運。只要逮到像你這樣的間諜，逼你供出一切後殺了你，大家都可以獲得組織的獎賞。所以大家都全力投入此事。在場的這幾位洋人，也全都很愛財。

「那我問你，像你這樣調查ＡＣＳ的警方情報員，共有幾個人？藏身在何處？從事何種活動？用什麼聯絡方式？」

羽仁男想到口袋裡的黑色木盒，把希望全寄託在那名老翁一臉歉疚的表情上。

54

「原來如此……原來是這麼回事。」羽仁男獨自點頭低語。「這麼說來，接下來你想對我進行拷問對吧。」

「沒錯。接下來我會慢慢進行素描，和之前你和琉璃子上床時所畫的素描擺在一起，在我們的同伴間辦一場個人畫展。就藝術性來說，這會是一場很有氣氛的個人畫展。因爲一個人降生在這世上，與人相戀，然後走上死亡，這是很理所當然的事。」

「要是在你拷問我之前，我先自殺的話，你怎麼辦？」

「你想咬舌自盡嗎？」

「不，我會把你們全都拉來當墊背。」

羽仁男將受縛的手伸進外衣口袋裡，握住那只黑色木盒，按下錶冠。清楚的發出卡嚓卡嚓的聲響。

「聽到時鐘的聲音了嗎？」

「那是什麼？」

察覺氣氛有異，洋人們紛紛從椅子上站起身。

「就算開槍射我也沒用哦。因爲在你開槍的瞬間，我按下這個按鈕就會引爆，包含我在內，在場的每個人也都會被炸得粉身碎骨。」

「你不要命了嗎？」

「你聽好了。我可是刊登『性命出售』廣告的人啊。要是拿我和那些沒膽識的普通間諜相提並論，那可太委屈我了。

「我已事先將定時炸彈調整爲八分鐘後引爆。不過，只要我按下按鈕，隨時都可以爆炸。像這麼大的房間，很輕易就能炸飛。」

眾人皆直挺挺的站著，微微後退。

「要秀給你們看一下嗎？」

羽仁男取出那充滿不祥之氣的小黑盒。這是個重大的賭注。小木盒持續發出牢靠的卡嚓卡嚓聲。

「喂，等一下！你眞的不想活了嗎？」

「現在是什麼情形？反正我免不了會受一頓嚴刑拷打，然後就此喪命。這還不都一樣。」

「不……不，你等一下。你還有其他活命的辦法。」

「是什麼？快說。只剩七分鐘了。」

「我可以讓你成爲我們的夥伴。報酬的事好談，我可以開高價給你。不過，只要你願意守住這個祕密，你想要什麼都行，地位、奢侈品、女人，什麼都能給你。羽仁男老弟。」

「不要叫得這麼親暱。

「我才不想加入你們這種齷齪的組織呢。我沒有道德感，所以不管你們做什麼，我都不會怪罪。管你們是要殺人，還是要走私黃金、毒品、槍械，都和我沒關係。只不過，你們只要一看到人，就認定對方隸屬於某個組織，我想打破這種迷信。也有很多人不是像你們所想的那樣。這點你們當然也承認對吧。你們得知道，世上也有不屬於任何組織，而且不怕死的男人。這樣的人少之又少。雖然少，但肯定存在。

「我不怕死。我的性命是商品。不管對方要怎樣用我這條命，我都不會有意見。只不過，讓人用強迫的手段殺害，我實在嚥不下這口氣，所以我想自殺。把你們全部拉進來當墊背。還剩五分鐘。」

「等一下。那我買你的性命吧。」

「如果我不賣呢。」

羽仁男朝那名老翁望了一眼，舉起黑木盒。

老翁果然馬上做出反應。他朝門口奔去，一把推開房門。

「大家快逃吧。眼下把這個男人獨自關在這裡，應該是最令人放心的做法。來，先逃再說吧。之後不管這個男人是不是要自爆，都隨他去吧。再不快逃的話……」

「還剩四分鐘。」

羽仁男說完後，再度緩緩坐向椅子，將黑木盒擱在身旁的桌上。一隻手仍謹慎小心的擺在上頭。

「你們要是全跑光了，我也不會馬上按下這個按鈕。還有四分鐘，我會等時間到了之後，引爆自盡。我要獨自一人利用這四分鐘的時間，仔細回想自己的人生。你們要是不盡可能逃遠一點，小心受傷哦。不過，只有三、四分鐘，能跑多遠呢？」

其中一人腳卜一滑，差點跌向地面，就這樣成爲眾人行動的契機，他們不約而同的從老翁打開的房門飛奔而出。

羽仁男目送他們離去後，不慌不忙的起身把門關上，走向另一扇門，確認門沒鎖後，微微打開一道門縫，擠身門內，全力衝上樓梯，使足了勁往前跑。

55

他有自信，那班人還不至於明目張膽的從後頭亂開槍。

他斜向穿過庭院的樹叢，張腳一跨，一口氣便翻過了圍牆，順著底下的山崖沒命的往下滑。

這時，成群的燈火從他眼角掠過，儘管四周一片漆黑，但看得出市街就在山崖底下。這棟房子並非位於與世隔絕的深山中。

他渾身是傷的在市街裡奔跑。

「救命啊！請問派出所在哪裡？」他吶喊道。

他雙手受縛，跑起路來踉蹌欲倒。差點被他撞到的路人，急忙往旁邊讓開，個個表情冷漠。最後好不容易才有個聲音告訴他：「派出所在前面右轉的地方。」

羽仁男癱倒在派出所地板上，上氣不接下氣，半晌說不出話來。中年的巡警嚇了一跳，不慌不忙的問道：「你從哪兒來的？咦，你雙手被人綁住。啊，還受傷呢。」

「這裡……是哪裡？」

「這裡是青梅市。」巡警如此應道，仍沒停下手邊的工作。

「請……請給我杯水。」

「要喝水是吧。等一下哦。」

巡警的手依舊沒停下，不斷翻閱帳簿。過了好一會兒，他終於擱下那支老舊的鋼筆，細心的套上筆蓋後站起身，往羽仁男瞄了一眼後，前往倒水。沒有要替他解開繩索的意思。

羽仁男雙手端著那杯映有燈光的水，一飲而盡。世上再也沒有這麼好喝的東西了。

巡警頻頻往羽仁男受縛的雙手打量。看他此時的態度，彷彿是擔心替他解開雙手的繩索後，不知他會做出什麼事來，所以決定先觀察一陣子。此時的羽仁男尚留有些許理智，所以他沒央求巡警替他解開繩索。只要事後再告訴其他刑警這名巡警是何等怠慢就行了。

羽仁男才剛這麼想，那名巡警便突然以架勢十足的動作替他解開繩索，羽仁男這才發現是自己多慮了。

「到底是怎麼回事？」巡警詢問的口吻，就像在對自己深夜返家的兒子興師問罪般。

「我差點被人殺了。」

「嗯，差點被人殺了，差點被人殺了……」

人。

巡警似乎覺得很麻煩，取下鋼筆筆蓋，從抽屜裡取出再生紙，開始做記錄。動作慢得驚人。

大致問完話後，羽仁男見巡警對他的回答始終顯得不痛不癢，心裡很不服氣，好不容易見他拿起電話向總局報告，這才鬆了口氣。剛才羽仁男滑落山崖時，小腿撞到某個東西，現在漸感疼痛。他伸手探向長褲底下，發現上頭沾有像膠水般的鮮血。

總局很晚才派人來。這段時間，巡警請他喝茶抽菸，始終沒認眞聽羽仁男說話，就只是一味談自己兒子的事。

「我兒子就讀N大。說起來，他沒加入全學連就該謝天謝地了，不過他每天晚上都不看書，找朋友到家裡，也淨是打麻將，眞教人拿他沒轍。我老婆對他說，『既然你這麼不求上進，乾脆戴上頭盔，揮舞著棍棒，去和人逞凶鬥狠算了。』我兒子聽了之後，毫不在乎的出言恐嚇道，『哦，是嗎，妳眞的要這樣？媽，既然妳都這麼說了，那我從明天起就這麼做。』我老婆馬上不敢再吭聲。最近我兒子完全把我們壓得死死的。不過，想到我們把孩子送進了大學，算是盡了爲人父母的責任，心裡就覺得舒坦許多。」

不久，一輛腳踏車的車燈緩緩靠近，來了一名年輕巡警。

「就是他。」派出所的巡警做了一番簡單的介紹。

「哦，那我帶他走囉。」年輕的巡警語氣粗魯的說道。

年輕巡警拉著腳踏車，始終沒搭理羽仁男，所以夜裡在橫越商店街時，羽仁男都得自己提防四周。從錄音帶店傳出流行樂團喧鬧的音樂。羽仁男拖著腳走，與不時向他襲來的暈眩對抗。

抵達警局時，走出一名身穿難看的西裝，年約四十的刑警，以奇怪的方式向他問候道：

「嗨，歡迎光臨。」

「我們先來做份筆錄吧。請往這邊走。」

他似乎剛用完餐，頻頻以牙籤剔牙。羽仁男想到吃飯的事，但始終不覺得餓。

「那麼……您放輕鬆點。先從您的住址和大名問起吧。」

「我目前沒有住址。」

「咦？」

刑警以讓人覺得不舒服的眼神瞄了羽仁男一眼。說話口吻略微改變。

「聽說你原本被人綁住雙手是吧。」

「是的。」

「如果是自己想綁住雙手的話，用牙齒咬繩索也辦得到哦。」

「您別開玩笑了。我剛才差點被殺呢。」

「哎呀，這可不是件小事呢。你說你一路衝下市街，是從哪裡衝下來的呢？」

「從山崖上的一座宅邸。」

「那一帶……你是指市街北側的那座山崖是吧。」

「我不知道是北邊還是南邊。」

「那一帶是K工業社長的宅邸，一處氣派的住宅街，你不知道是哪一棟嗎？」

「不知道，因爲我沒時間看門牌。」

「這件事待會兒再問，請先說明一下大致的經過吧。」

接著展開一段漫長的忍耐。

每當羽仁男說得正起勁，刑警就會抬起手，示意要他講慢一點。

「ACS？那是什麼？」

「是Asia Confidential Service。」

「Asia Con…fi…den…tial…Service，這什麼啊？是石油公司嗎？」

「是從事走私和殺人的組織。」

「哦——」

「你這麼說，可有什麼證據？」

「是我親眼所見。」

「你目睹過殺人現場？」

「不，不算是親眼目睹。」

「既然沒親眼目睹，又怎麼會知道。」

刑警兩頰泛起一抹淺笑。

「不是有個名叫岸琉璃子的女子浮屍在隅田川上的命案嗎？她曾經是我的女人。」

「岸琉璃子。哪個岸？」

「岸信介首相的岸。」

「岸信介首相的岸。……她是個好女人吧？死的時候全裸嗎？」

「我猜應該是。」

「你也沒親眼目睹對吧。」
「我曾經看過她全裸的樣子。」
「也就是說，你們之間發生過肉體關係嘍。」
「這不重要。她是被ACS殺害的。」
「這位小哥，」刑警突然擺出職業性的臉孔，轉頭望向羽仁男。「你一直說著ACS、ACS，你要如何證明眞有這樣的組織存在？我可不是閒著沒事，陪你在這裡作筆錄耶。雖然你提到ACS這個從沒聽過的名字，講得跟眞的一樣，但憑我多年來幹刑警的直覺，一聽就知道是你自己掰的。警局可不是讓你來這裡編故事給人聽的地方啊。你也許是看太多奇奇怪怪的推理小說，要是再繼續這樣糾纏不休，我就告你妨礙公務，明白了嗎！」
「隨便你說吧。你們這種鄉下警察懂什麼。請帶我去警視廳。我要說給那邊比較像樣的人聽。」
「哦，由我這樣的小角色和你接洽，眞是不好意思啊。不過，像我這種小角色的直覺，往往比那些大人物還管用呢。竟敢說我是鄉下警察，自己明明居無定所，還敢說大話。」
「居無定所的人就全都是嫌疑犯嗎？」

「那當然。」刑警可能覺得自己講得太過火了，聲音變得溫柔些許。「正經人都會有自己的家庭，努力養活家中妻小。以你這個年紀，單身，而且又居無定所，看得出你沒什麼社會信用。」

「你的意思是，每個人都非得要有固定的住處、家庭、妻小、職業才行，是嗎？」

「這不是我說的。是世人都這麼說。」

「不是這樣的人，都算人渣嗎？」

「沒錯，是人渣。自己一個人在腦中興起古怪的幻想，跑到警察局來訴說自己的受害情形。這種男人我早就看多了。要是以爲全天下就只有你一個人是這樣，那你就大錯特錯了。」

「是嗎。既然這樣，請把我當重案嫌犯處理。我從事很不道德的生意買賣。我向人出售性命。」

「什麼，出售性命是吧。那可眞是辛苦了。不過，要賣命是你個人的自由。因爲刑法並無明令禁止。眞正犯法的，是買下別人的性命去作姦犯科的人。賣命的人沒犯法。充其量只能說是人渣，如此而已。」

一股寒意貫穿羽仁男心底。他心想，眼下得改變態度，好好央求這位刑警才行。

「求求您。讓我在拘留所待幾天吧。請保護我的安全。眞的有人想取我性命。我要是就這樣離開，肯定會遭人殺害。我求您了！」

「不行。警局不是飯店。像ACS這種無聊的白日夢，勸你從今天開始忘了吧。」

刑警喝了一口冷掉的茶，臉轉向一旁，冷漠以對。

羽仁男最後低聲下氣的向刑警央求，但刑警冷峻的一把將他推開。最後他被趕出警局外。

他成了孤伶伶一人。警局前有一家以警察爲主要客源的小酒館，掛在店門前的兩、三盞紅燈籠，在美麗的星空下，於幽暗的巷弄深處搖曳。黑夜緊貼著羽仁男胸口。緊黏在他臉上，就像要令他窒息一般。

他遲遲無法走下警局玄關前那兩三階石階，索性就此坐下，從長褲口袋裡取出彎曲變形的香菸，點燃火。突然有股想哭的衝動，喉嚨深處暗自抽搐。他仰望星空，星星逐漸變得模糊，數顆星星合爲了一顆。

三島由紀夫的一生大事年表

一九二五	出生於日本東京市，本名平岡公威。
一九三一	進入皇族學校學習院初等科就讀。
一九三七	於校內文學雜誌發表散文作品《春草抄：初等科時代的回憶》。
一九三八	在校內文學雜誌發表他個人的第一部短篇小說《酸模》。
一九四一	初次使用「三島由紀夫」爲筆名，投稿《文藝文化》。
一九四四	從皇族學校學習院高等科畢業，進入東大法學部法律學科就讀。 出版第一本小說集《繁花盛開的森林》。
一九四六	由川端康成推薦的短篇小說《菸草》在《人間》雜誌發表，晉身爲文壇一員。
一九四七	自東大法學部畢業，進入大藏省任職。
一九四八	爲了專心寫作，從大藏省辭職。 完成第一部長篇小說《盜賊》。
一九四八	出版《假面的告白》，是三島由紀夫以作家身分出版的第一本小說。
一九五〇	出版《愛的渴望》。

一九五一	原作《純白的夜》被改編為電影上映，三島由紀夫本人也在電影中特別演出。發表《禁色》第一部與《夏子的冒險》。十二月二十五日開始其環遊世界的旅程，於一九五二年五月十日回到日本。
一九五四	出版《潮騷》刷新日本戰後銷售記錄。
一九五六	出版《金閣寺》被日本文壇譽為三島美學的最高傑作。《潮騷》被翻譯為英語版，是三島第一本正式被翻成外文出版的作品。
一九五七	受邀至美國參訪與演講，直到隔年一月才回到日本。
一九五八	在川端康成的介紹下，與杉山瑤子結婚。
一九六〇	出版《盛宴之後》。
一九六一	出版《憂國》。
一九六二	出版《美麗的星星》。
一九六四	出版《我的遍歷時代》。
一九六七	進入日本自衛隊體驗。
一九七〇	於東京自衛隊東部方面軍總監部剖腹自殺。

國家圖書館出版品預行編目資料

性命出售【新裝版】／三島由紀夫著；高詹燦譯.
—— 二版 —— 臺中市：好讀, 2018.07
面：　公分，——（典藏經典；58）

ISBN 978-986-178-464-9（平裝）

861.57　　107009570

好讀出版

典藏經典58

性命出售【新裝版】

作者／三島由紀夫
翻譯／高詹燦
總編輯／鄧茵茵
文字編輯／莊銘桓
內頁編排／王廷芬
發行所／好讀出版有限公司
台中市407西屯區工業30路1號
台中市407西屯區大有街13號（編輯部）
TEL:04-23157795 FAX:04-23144188　http://howdo.morningstar.com.tw
（如對本書編輯或內容有意見，請來電或上網告訴我們）
法律顧問 陳思成律師

總經銷／知己圖書股份有限公司
106台北市大安區辛亥路一段30號9樓
TEL：02-23672044　23672047 FAX：02-23635741
407台中市西屯區工業30路1號1樓
TEL：04-23595819 FAX：04-23595493
E-mail：service@morningstar.com.tw
網路書店 http://www.morningstar.com.tw
讀者專線：04-23595819 # 230
郵政劃撥 ：15060393（知己圖書股份有限公司）
印刷／上好印刷股份有限公司

二版／2018年7月1日
定價／280元
如有破損或裝訂錯誤，請寄回台中市407工業區30路1號更換（好讀倉儲部收）

INOCHI URIMASU
by MISHIMA Yukio

Published by How Do Publishing Co., LTD.
2018 Printed in Taiwan
ISBN 978-986-178-464-9

讀者回函

只要寄回本回函，就能不定時收到晨星出版集團最新電子報及相關優惠活動訊息，並有機會參加抽獎，獲得贈書。因此有電子信箱的讀者，千萬別吝於寫上你的信箱地址

書名：性命出售【新裝版】

姓名：＿＿＿＿＿＿ **性別：**□男 □女　**生日：**＿＿年＿＿月＿＿日

教育程度：＿＿＿＿＿＿＿＿

職業：□學生 □教師 □一般職員 □企業主管 □其他＿＿＿＿＿＿

電子郵件信箱（e-mail）：＿＿＿＿＿＿＿＿ **電話：**＿＿＿＿＿＿

聯絡地址：□□□＿＿＿＿＿＿＿＿＿＿＿＿＿＿

你怎麼發現這本書的？

□書店 □網路書店（哪一個？）＿＿＿＿＿＿ □朋友推薦 □學校選書

□報章雜誌報導 □其他＿＿＿＿＿＿＿＿＿＿

買這本書的原因是：＿＿＿＿＿＿＿＿＿＿＿＿

□內容題材深得我心 □價格便宜 □封面與內頁設計很優 □其他＿＿＿＿

你對這本書還有其他意見嗎？**請通通告訴我們：**

＿＿＿＿＿＿＿＿＿＿＿＿＿＿＿＿＿＿＿＿＿＿＿＿＿＿

你希望能如何得到更多好讀的出版訊息？

□常寄電子報 □網站常常更新 □常在報章雜誌上看到好讀新書消息

□我有更棒的想法

是否能與我們分享您嗜好閱讀的類型呢？

□文學/小說 □社科/史哲 □健康/醫療 □科普 □自然 □寵物 □旅遊 □生活/娛樂

□心理/勵志 □宗教/命理 □設計/生活雜藝 □財經/商管 □語言/學習 □親子/童書 □圖文/插畫 □兩性/情慾 □其他

我們確實接收到你對好讀的心意了，再次感謝你抽空填寫這份回函，請有空時上網或來信與我們交換意見，好讀出版有限公司編輯部同仁感謝你！

好讀的部落格：http://howdo.morningstar.com.tw/

好讀的粉絲團：https://www.facebook.com/howdobooks

填寫線上讀者回函：請掃描右邊QRCODE

填寫本回函，代表您接受好讀出版及相關企業，

不定期提供給您相關出版及活動資訊，謝謝您！

請填妥後對折黏貼，直接投郵即可，無須貼郵票。

好讀出版有限公司　編輯部收

407 台中市西屯區何厝里大有街13號

電話：04-23157795-6　傳眞：04-23144188

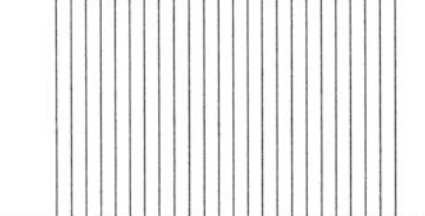

沿虛線對折

購買好讀出版書籍的方法：

一、先請你上晨星網路書店http://www.morningstar.com.tw檢索書目或直接在網上購買

二、以郵政劃撥購書：帳號15060393 戶名：知己圖書股份有限公司並在通信欄中註明你想買的書名與數量

三、大量訂購者可直接以客服專線洽詢，有專人爲您服務：客服專線：04-23595819轉230 傳眞：04-23597123

四、客服信箱：service@morningstar.com.tw